明治41年;　23歳のとき

青年時代の啄木

# 石川啄木

●人と作品●

福田清人
堀江信男

CenturyBooks
清水書院

原文引用の際，漢字については，
できるだけ当用漢字を使用した。

# 序

青春の日に、伝記を読むことは、その精神の豊かな形成に大いに役だつことである。

それは史上いろいろな業績を残した人物の伝記すべてについていえることであるが、苦難をのりこえて、美や真実を求めて生きた文学者の伝記は、ことに感動をよぶものがあり、その作品の理解のためにも、どうしても知っておきたいものである。

たまたま私は清水書院より、近代作家の伝記及びその作品を解説する「人と作品」叢書の企画について相談を受けた。それで主として立教大学の大学院に席をおきながら近代文学を専攻している諸君を推薦することにした。その一巻がこの「石川啄木」である。

私の文学開眼のもとは、中学二、三年ごろ手にした「啄木歌集」であり、今でもその数十首は暗誦できるくらい愛読した。昭和初年大学卒業当時、盛岡中学の教職の口があった時、もう一歩でそこにおもむこうかとまで考えたことがあった。しるすまでもなく、そこが啄木の母校であったからである。

その前、冬の盛岡に旅し、啄木の故郷渋民を訪れたく思ったが、おりからの深い雪で果たしえなかったくやしさも覚えている。年へて、北海道を旅し、釧路で啄木のかつての愛人小奴を尋ねたこともあった。

啄木についてのそうした若い日の思い出は私の青春にまといついて離れないが、この本の著者堀江信男君は、卒業論文「石川啄木論」を提出したが、それはきわめて出色なものであった。その後、啄木に関する考察を発表し、すでに啄木研究者としての新しい席を学界においてもいるのである。

この本には一般に愛読されている短歌以外、それと同じく、あるいはそれ以上、啄木の残した詩や、評論・日記の価値を高く示して新しく社会に目を開いて、閉ざされた時代を批判しての打開を念願した思想家としての啄木の面を強調し、その面を究めることで啄木の短歌の真意がとらえられることも述べている。伝記編の波らん多い短いその一生を描くそのさわやかな文章とあいまって、論旨はまことに明快である。

堀江君は、前にしるした大学の卒業論文を提出後も、大学院で啄木を含めての「スバル」の研究で修士の学位をえて、博士課程を終了。現在、茨城キリスト教短期大学教授である。

またこの本は、ただにこの叢書のいちおう目標とした若い世代のみならず、広く一般の読者にも受けいれられる十分な密度、重さを持っていると私は信じる。そしておびただしい啄木研究書の中に新しい光彩を点ずるものを加えたとも思っている。

なお写真については、啄木研究家の日本大学教授岩城之徳氏の厚意によることを感謝する。

福田清人

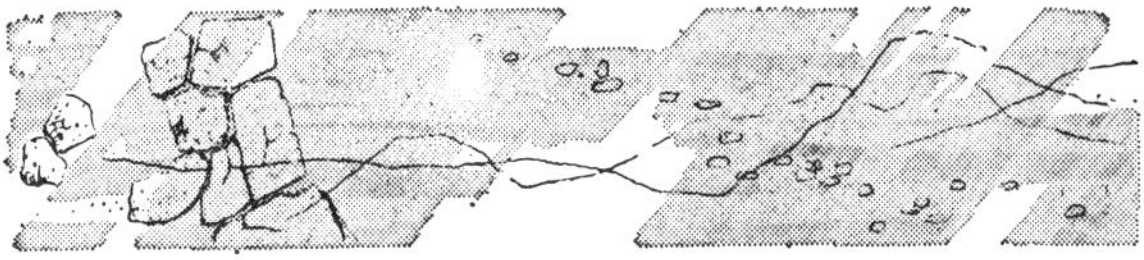

# 目次

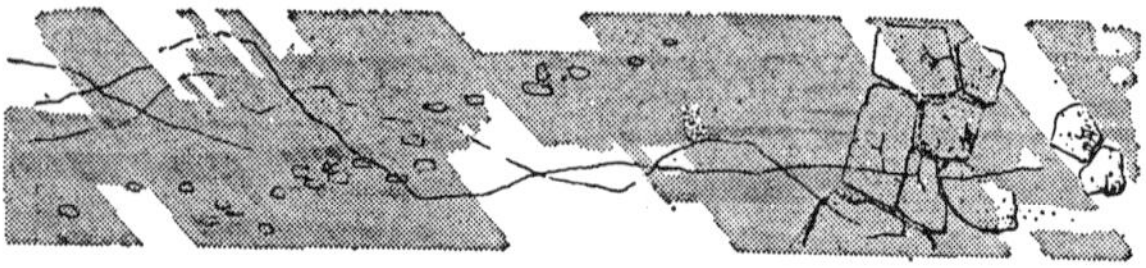

# 第一編

# 石川啄木の生涯

# 早熟の天才少年

教室の窓より遁《に》げて
ただ一人
かの城あとに寝にゆきしかな

かにかくに渋民村は恋しかり
おもひでの山
おもひでの川

啄木は、郷里渋民をこううたってなつかしんだ。渋民村の思い出は、かれにとって決して楽しい、美しいものばかりではなく、石をもて追われるごとく出《い》でなければならなかったにがい思い出もあるが、日に月にふるさとを思う情は深まって行ったのである。そして、啄木文学には、その思郷の心が全体に底流として流れている。

幼少年時代を送った渋民村、そして盛岡は、一生啄木の心のふるさとであった。そこは、詩人のふるさとにふさわしい美しい自然を有し、啄木の詩心をはぐくんだ。

渋民村は「みちのくの平安京」といわれた盛岡から北へ二十キロ、青森街道の小さな宿場である。しかし啄木生誕の地は、この街道をさらに離れた南岩手郡日戸《ひのと》村であった。現在は玉山村日戸といわれている。日戸は、姫神山系の中腹にある山間の小部落で、いまも啄木が生まれたころとあまり変わらないだろうと思われるような、静かな山里のたたずまいである。部落のほぼ中央に、大きな杉の木立に囲まれた小ぢんまりとした建物がある。日照山常光寺である。啄木は、石川一禎《いってい》の長男として、この小さな寺の庫裏《くり》に生まれた。

## 両親・渋民村

啄木の父一禎は、岩手郡平館《たいらだて》村に、農家の五男として生まれたが、幼少のころ、同村の大泉院という寺に預けられた。大泉院の当時の住職は葛原対月《かつらはらたいげつ》で、学問があり、茶道、和歌にもすぐれていたので、一禎は、仏道修行のかたわら、対月について、学問や和歌を学んだものと思われる。一禎には「みだれ芦《あし》」という歌稿があり、啄木は父のそのような文才を受け継いでいる。

葛原対月との出会いは、一禎にとって、学問や和歌の道における感化のみでなく、重要な意味があった。師事する対月が盛岡の龍谷寺の住職になって赴任《ふにん》すると、一禎もかれを慕って盛岡に出た。そして、同寺の手伝いに来ていた工藤カツと相思相愛の間がらになった。仏道にはげむ青年僧一禎と同寺へ家事手伝いに来る美しい娘との恋は、やがて実を結び、二人は晴れて結婚する。この工藤カツは、一禎の師僧である葛原対月の妹であった。

平館の大泉院以来、石川一禎の師であった対月は、いまや義兄でもあった。一禎は大きな味方を得たことになる。その後一禎は、いろいろな面で対月の庇護《ひご》を受ける。山村の小さな寺とはいえ、若年の一禎が、日戸常光寺の住職になれたのも対月の奔走《ほんそう》によるところが大きい。一禎が、常光寺の住職になったのは、明治

石川家系図

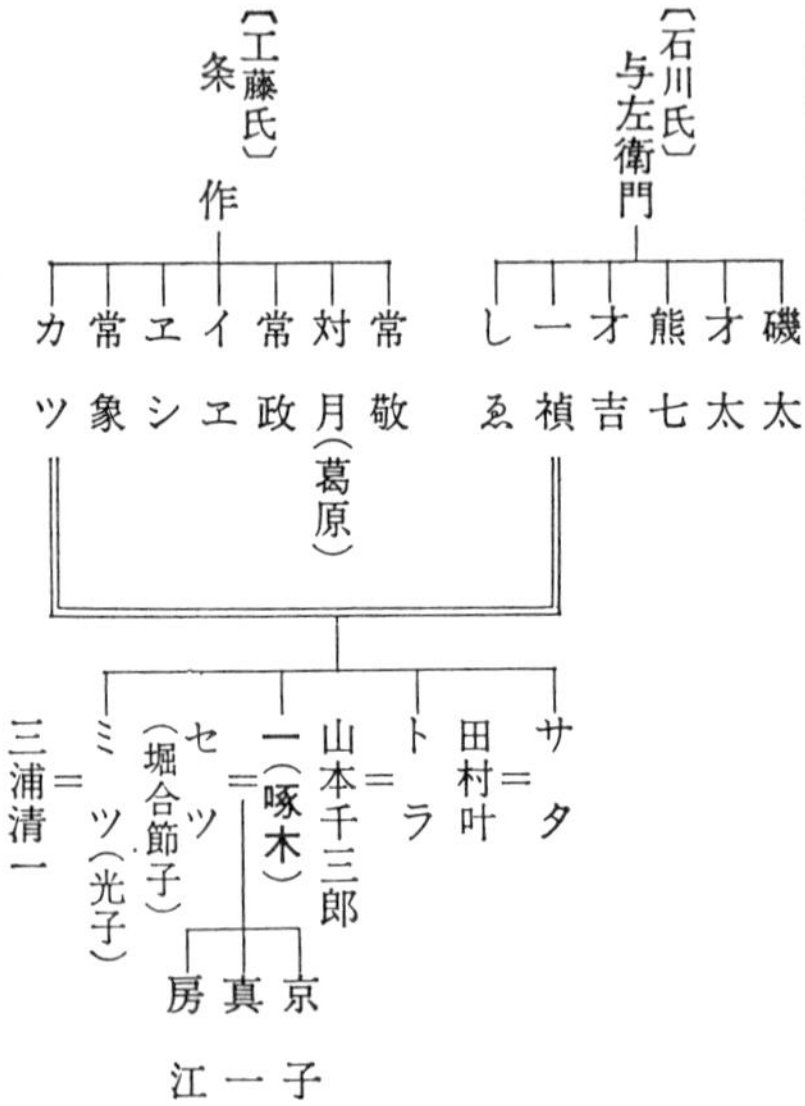


七年十二月、二十五歳のときで、妻のカツは二十八歳であった。
啄木が生まれたのは、一禎が日戸に移って十二年目の明治十九年二月二十日であった（一説に明治十八年十月二十七日生まれ）。一禎夫妻にはすでに長女サタ、次女トラがあったが、はじめての男子出生に喜び、父は自分の名の一字をとって一《はじめ》と名づけた。しかし啄木は生まれつきからだが弱く、青白い顔をしてヒーヒーと泣いてばかりいた。それで両親は月一回は必ず薬の心配をするほどで、健康を神仏に祈り、その愛情を啄木一身にそそいだ。
啄木が一回目の誕生日を迎えてまもない明治二一

詩境渋民村

十年春、石川家は日戸の常光寺を出て、渋民村の万年山宝徳寺に移った。

渋民村は、当時宿場とはいえ、東北本線が開通して、その駅が滝沢及び好摩《こうま》におかれたが、どちらにしても渋民から遠く、交通の便の悪い、さびれた一寒村にすぎなかった。しかし日戸にくらべれば、街道すじでもあり、呉服屋・菓子屋・雑貨店・荒物屋・理髪店などもあって、便利であった。現在は渋民駅があり、盛岡及び好摩からバスの便もあり、盛岡あたりへの通勤・通学も可能で、渋民の町もおもかげを変えているが、なお啄木の時代をしのばせるものが残っている。渋民駅から船田橋を渡り、十五分ばかり田舎《いなか》道を行き、啄木が代用教員をしていた当時の小学校の跡、下宿していたあたり、村役場などを見ながら行き、右側へ細い道を少しはいったところに啄木の育った宝徳寺がある。

姫神山系の山裾《やますそ》にあたり、前には雄大な岩手山を望む勝景の地にこの寺はある。前庭にはヒバの巨木が茂り、冬には妹の光子と氷すべりをしたという池が残っている。田圃《たんぼ》の中の道を少し行くと、北上川が北から流れ、四季それぞれの風情がある。河畔《かはん》に立つ、

やはらかに柳あをめる
北上の岸辺目に見ゆ
泣けとごとくに

という望郷の歌を刻んだ啄木歌碑から岩手山を望む眺望《ちょうぼう》は、美しい絵そのものである。現在、北上川は上流の銅山から出る廃液のために赤く濁っているが、まさに山紫水明の地というべき詩人のふるさとである。啄木の詩心をはぐくんだ自然はそのままの姿を残している。宝徳寺の近くには、旧小学校校舎、代用教員時代の下宿などが復元され、また石川啄木記念館があり、啄木をしのぶことができる。啄木の文学を育てた雰囲気を彷彿《ほうふつ》させる。

**宝徳寺移住の事情**　啄木一家の渋民移住は、すっきりしたものではなかった。宝徳寺の十四世住職遊座徳英《ゆざとくえい》が病死したのが明治十九年十二月であった。徳英の長男は僧となることを好まず、次男はまだ幼くあとを継ぐことができない。檀家《だんか》の間で、徳英のこどもが成長するまで代務住職をおくか、正式に後任住職をむかえるか問題になっていた。これを知った一禎は、宝徳寺の本山にあたる報恩寺に、義兄対月を

通して運動し、宝徳寺の有力な檀家にも工作して、その住職の地位を得た。

一方、遊座家では徳英が没して、一家の支柱を失い、幼いこどもをかかえていた。さしあたって住むところもなかったので、同寺において くれるように頼んだが、一禎はそれを断わったので、一家は寺を追われて、しばらく困難な生活をしなければならなかった。宝徳寺は本堂が焼けて庫裏《くり》が残っているだけで、一禎も三人のこどもがいたので、遊座家の同居をこばんだのも無理なかったのかも知れないが、その断わり方がそっけなかったので、檀家の一部には一禎のしうちを憤るものもいた。壇家は石川派と遊座派にわかれ、遊座家に対する同情は相当に根強かった。あとで、宗費滞納のかどで、一禎の宝徳寺住職罷免《ひめん》問題が起こったとき、寺を追われなければならなかった遠因は、このときの無理なやり方に対して、檀家の中にめばえた反感だったといわれる。

## お寺の一《はじめ》さん

渋民村は美しい自然に囲まれた貧しい村であった。その村で啄木は、幼少時代を、何不自由なく、お寺の一さんと呼ばれ、村の小貴族としてわがままに育った。そのわがままぶりを、姉のトラは、「母などは弟ばかり可愛《かわい》がつて、少し大きくなつてから真夜中に何か喰《た》べたいといつて泣き出すと、わざわざ面倒《めんどう》してお茶餅などこさへたのですが、漸《ようや》くこさへてやると一つも喰べずに愚図《ぐず》つて泣くといつた按配《あんばい》で、弟のためには母がどんなに難儀したか知れません」といっている。どんなに寒い夜であろうと、また夜中であろうと、母は啄木のそのわがままをゆるした。父は父で、何か道具を作ったときは、これは一《はじめ》のものだ、といって、「石川一所有」と自ら書き入れた。また兄弟げんかをして、いつもしかられるのは妹の光子だった。

啄木自身も、この間の事情を回想して、

父母のあまり過ぎたる愛育にかく風狂の児となりしかな
母われをうたず罪なき妹をうちて懲《こら》せし日もありしかな

とうたっている。ありあまる父母の寵愛《ちょうあい》を一身に受け、啄木は、わがままな、いたずらっ子に育っていった。負けずぎらいで見え坊、自尊心の強い性格は、このような幼年時代の生活で植えつけられ、しだいに大きくなっていったのである。

生まれたときからからだが弱く、青白い顔をして泣いてばかりいた啄木も、やがて小学校に入学した。明治二十四年四月、数え年六歳のときであり、まだ学齢に達していなかった。学齢前の入学は、片田舎でもあり、当時それほどきびしくなかった。

啄木は、いつもいっしょに遊んでいた年上の友だちが、五人も、七人も一度に学校に行くようになってしまったので、さびしくてしかたなかった。それで父に学校へ行きたいと無理をいった。父も根が悪いことではなし、懇意にしていた小学校長小田島慶太郎に頼み込み、特別に入学を許可された。そんな事情で、啄木が学校へ行くようになったのは、同じクラスの者より一か月も後のことであった。啄木のクラスには、やはり小田島校長に頼み込んで学齢前に入学した高橋等《ひとし》がいた。

## 神童

啄木の同級には、のちに渋民村の村長になった、工藤千代治がいた。工藤は、病気のため入学がおくれ、一年早く小学校へあがった啄木より二歳も年上であった。そのためもあって、元来鋭利だった啄木も、成績はいつもかれに負けていた。小説「二筋の血」の中に、「気の揉《も》めるのは算術の時間であつた。私も藤野さんも其《その》年八歳であつたのに、豊吉といふ児が同じ級にあつて、それが私等よりも二歳か年長であつた。体《からだ》も大きく、頭脳も発達してゐて、私が知つてゐる事は大抵藤野さんも知つてゐたが、又《また》、二人が手を挙げる時は大抵豊吉も手を挙げた。何しろ子供の時の二歳違ひは、頭脳の活動の精不精に大した懸隔《けんかく》があるもので、それの最も顕著に現はれるのは算術である。豊吉は算術が得意であつた」という一節があるが、この豊吉のモデルは工藤千代治で、啄木がいくらがんばっても工藤にかなわなかった様子がうかがえる。

啄木は幼いときから負けずぎらいだった。工藤にいつも首席をとられることが、どれほど悔しかったか知れない。一年、二年、三年と啄木は工藤を抜くことができなかった。しかし、いよいよ尋常《じんじょう》小学校の最後の四年になったとき、啄木はとうとう工藤を抜いて、首席の栄冠を獲得した。かれは神童ともてはやされた。

工藤千代治は、家が貧しかったので、進学することができず、尋常小学校を卒業するとすぐ家の職業を手伝わなければならなかった。のち工藤は、渋民の嵯峨《さが》兼松の三女よし子と恋愛結婚をする。そして渋民村役場の書記となり、収入役・助役をつとめ、村長になった。そのかたわら、知人が北海道に移住するのでそのあとを受けて宿屋を営んだ。

小学の首席を我と争ひし
友のいとなむ
木賃宿かな

千代治等も長じて恋し
子を挙げぬ
わが旅にしてなせしごとくに

という『一握の砂』の中に収められている歌は、そのような事情にあった工藤千代治をうたったものである。

工藤少年は家計が豊かでなかったばかりに、四年間の尋常小学校の課程を終了すると、高等小学校への進学をあきらめて家業を手伝わなければならなかった。そのライバルの苦しい胸のうちも知らぬげに、啄木は神童ともてはやされて鼻を高くし、両親と村人たちの期待を一身にあつめて、希望に胸ふくらまして盛岡へ出発した。郡下にある唯一の高等小学校である盛岡高等小学校へ入学するためである。

## 盛岡へ

それは、明治二十八年三月下旬のことだった。わずか十歳の啄木は、父母の膝下《しっか》を離れ、故郷を離れて生活する不安よりも、これからはじまる学校生活にこどもらしいあこがれを抱いて盛岡へ着いた。そして啄木は仙北組町に住む伯父《おじ》工藤常象の家に寄宿することになった。

明治維新後三十年足らず、盛岡の町は旧幕時代とほとんど変わらない城下町であった。東北本線はすでに開通し、東京との往復は容易になり、中央の文化も、政治・教育・経済の分野で、この人口三万の地方都市へ影響を与えていたが、洋装はいまだ街《まち》の雰囲気にそぐわない感じだった。

北上川に中津川の清流がそそぎ、雪の残る岩手山を望むながめは、渋民におとらず美しかった。「みちのくの平安京」といわれるだけに、街も落着いた雰囲気をただよわせていた。

盛岡高等小学校は、清流中津川が北上川に合流する少し上手、下の橋と呼ばれる橋の近くにあったので、下の橋校ともいわれていた。四月一日がその入学式だった。岩手郡内の尋常小学校から百二十名ばかりの新入生が集まってきた。新入生たちは雨天体操場に集められ、身長の順に並ばされた。校長の話があり、いろいろな注意があってから、担任の先生に引率されて教室にはいった。担任は佐藤熊太郎先生だった。

啄木歌碑から岩手山を望む

神無月《かみなづき》
岩手の山の
初雪の眉《まゆ》にせまりし朝を思ひぬ

目になれし山にはあれど
秋来れば
神や住まむとかしこみて見る

岩手山
秋はふもとの三方の
野に満つる虫を何と聴くらむ

教室の席も身長の順だった。啄木の席は教室の入口に近いところにきまった。啄木と同じ机になった少年は伊東圭一郎だった。同じクラスには、七戸綏人《すいじん》・小田島真平などがいた。従兄《いとこ》の海沼慶吉も同じ組だった。

啄木は、笑うと糸切り歯が見え、右のほおにえくぼの出るかわいい少年だった。ひたいが高く出ている顔立ちも愛嬌《あいきょう》があった。それを、級友たちから「デンビ、デンビ」とからかわれた。「デンビオンッコ」「フコベッコ」などというあだ名もつけられた。

啄木は、同じ机の伊東少年と一時口をきかなかったこともあったが急速に仲よしになっていった。そして、啄木・伊東・海沼慶吉ら四、五人のグループができ、回覧雑誌を作るという計画がもちあがった。伊東がそれに使う寒天を買いにいったりした。啄木がその雑誌の表紙を書いた。それが高等小学校二年のときで、啄木は十一歳であった。

負けずぎらいで、渋民の尋常小学校ではついにライバル工藤千代治に勝って首席で卒業し、神童といわれた啄木も、盛岡ではそうはいかなかった。それでも、首席は遠藤邦之輔《くにのすけ》で、啄木は伊東圭一郎と二、三席を争う成績だった。作文では群を抜いていて、いつも先生からほめられた。

三年になると、江南義塾《ぎじゅく》という予備校に通って、中学進学の受験勉強をはじめた。当時岩手県下に中学は盛岡中学校だけしかなく、受験者は定員の四、五倍もあった。だから、高等小学校二年を終了すると中学校を受験できたが、二年終了で入学できるものはほとんどなかった。伊東圭一郎は、家計が苦しいので一年でも早く中学を出てほしい、という姉の希望で、二年を終了したとき受験したが落第《らくだい》してしまった。それで、高等小学校三年の一年間、伊東と啄木はいっしょに江南義塾へ通った。そして翌年三月の入学試験には、啄木が十番、伊東が十一番という優秀な成績で合格した。

## 盛岡中学校時代

啄木が盛岡中学校に入学したのは、明治三十一年四月であった。新入生は百二十八名、身長の順に甲・乙・丙の三つの組にわけられた。啄木は丙組であった。伊東圭一郎も同じ組になった。

当時の盛岡中学は、自由な気風がみなぎり、のちに有名な政治家・軍人を輩出した。啄木が一年のとき、五年には総理大臣・海軍大将をつとめた米内光政《よないみつまさ》、代議士・海軍中将の八角三郎《やすみさぶろう》、三年に三菱重工社長をした郷古潔《ごうこきよし》、農林大臣をつとめた田子一民《たごかずたみ》、言語学者の金田一京助、海軍大将になった及川《おいかわ》古志郎、二年に作家になった野村長一(胡堂)など多士済済《せいせい》だった。とりわけ軍人・政治家の多いのが目につく。これは明治維新で中央政界は薩長の藩閥が権力を握り、佐幕にまわった南部藩などは、まったく締め出されるようになった結果、藩閥政治に対する反発が盛岡中学の中にも起こり、打倒薩長の空気がみなぎっていたからである。ことに軍人志望が風靡《ふうび》したのは、日清・日露の二つの戦争にはさまれた時期であり、

旧盛岡中学校のバルコニー

国粋的な思想の起こってきた時代で、ただに盛岡中学校のみではなく全国的な傾向であったが、実力で出世できる軍人の世界が、中央政界から締め出されていることを感じた盛岡中学の生徒たちのあこがれであった。

啄木ははじめ陸軍志望だったが、及川古志郎と交際するようになって海軍志望に変わった。及川は、海軍大将・海軍大臣になった人であるが、盛岡でも有名な医者の子で、軍人志望であったにもかかわらず、短歌や詩をつくる文学青年でもあった。及川のグループは、時々集まって『源氏物語』などの古典を輪読した。啄木もこのグループにはいり、及川が集めていた明治の文学書を読むようになった。

啄木が及川に近づいたのは、軍人志望からであった。が、結果は皮肉だった。啄木は、及川の文学青年としての反面にふれ、及川の多くの蔵書を読むうちに文学に目をひらかれていった。

そして、短歌を勉強するなら、金田一京助が中学一番の大家だから尋ねてみよ、という及川のことばにしたがって、啄木が金田一を尋ねたのは、明治三十四年一月であった。それから熱病のようだった啄木の軍人志望は急速にさめ、文学への関心が高まって行った。

金田一京助は、盛岡市四ツ家の代々南部藩の御用商人をつとめ、名字帯刀《みょうじたいとう》を許された旧家に生まれた。盛岡中学時代、万葉の歌風を好んだかれは、花明の雅号《がごう》で雑誌「文庫」に作品を投稿した。当時「文庫」の選者は与謝野鉄幹で、明治三十三年四月号に「松くらき畷《なわて》の夜みち妹と我がかざす袂《たもと》に雪こぼれきぬ」の歌など八首が選ばれ、さらにその歌が鉄幹の主宰する新詩社の機関誌「明星」に転載された。それに意を強くした金田一は、明治三十三年五月、正式に新詩社の社友になった。金田一花明の作品は、その後同年十一月発

## 不《こ》来《ず》方《かた》城址

不来方のお城の草に寝ころびて
空に吸はれし
十五の心

城址《しろあと》の
石に腰掛け
禁制の木《こ》の実をひとり味ひしこと

　不来方城址は、いまの岩手公園で、当時盛岡中学校はこの近くにあった。啄木は、教室の窓からにげて、この城址で文学書に読みふけり、かぎりない夢にふけった。

行の「明星」に十首、翌年一月には高村砕雨《さいう》（光太郎）らの作品と並んで八首の歌が発表されている。このような活躍が盛岡中学の及川古志郎ら文学愛好者の中で評判になっていたので、及川は啄木に歌をやるなら金田一のところへ行け、と勧《すす》めたのだった。

啄木が金田一を訪問したのは、ちょうど金田一の作品が「明星」に載《の》ったころであった。金田一は新しい詩歌集や「明星」などを出して見せ、その日一日啄木と文学の話をしてすごした。啄木はさっそく創刊以来の「明星」を金田一から借り出して読んだ。そして「明星」に心うばわれ、金田一の勧めで、すぐに同人費を送り新詩社の社友になった。ここにおいて、啄木の文学的方向は決定された。かれは「明星」後期の代表的な詩人となる。

## 新詩社社友となる

新詩社は、明治三十二年に結社され、短歌革新の運動をおし進めた。その中心になったのが鉄幹与謝野寛であり、鉄幹によって主宰《しゅさい》され、明治三十年代の浪漫《ろうまん》主義文学の拠点となったのが「明星」であった。その明治三十三年四月創刊号は新聞紙型タブロイド版のそまつなものであったが、新詩社同人の作品ばかりでなく、島崎藤村の「旅情」（のち「千曲川旅情の歌」）などの作品も載せ、「文学界」なきあとの浪漫主義文学の一つの舞台をめざした。やがて四六版六十八ページの堂々たる雑誌になり、山川登美子・鳳《おおとり》晶子（後の与謝野晶子）ら女流歌人を擁《よう》して、明治三十年代におけるおしもおされもしない浪漫主義文学の中心になっていった。新詩社は全国的な組織になり、鉄幹・晶子・登美子らの歌は、全国の青年男女を魅了《みりょう》した。

浪漫主義は、封建的な制度や道徳から自我の解放を求める運動であった。日本の浪漫主義文学は、「文学界」の運動、ことに北村透谷《とうこく》の輝かしいたたかいとその敗北に示される美しい高まりがあった。それを受け継いだ島崎藤村は、『若菜《わかな》集』一巻において、若々しい青春と恋愛をうたった。

しかし、浪漫主義はあくまでも精神的なものであり、社会的現実に目をむけず、美しいものへのあこがれを美しいことばでうたうものであったから、現実の社会の暗さ、きびしさに気づいたとき、そのむなしい弱さを悟らなければならなかった。透谷の自殺は、そのような敗北であった。

明治維新後、青年たちは、封建制度を倒した新しい力を信じていた。まさに社会は青年たちの希望をいれるものであった。時代の青春と新しい世代の青春は一致した。浪漫主義は、そこで一つの花を開いた。しかし、自分たちの足もとに目をおとしたとき、浪漫主義者たちは、絶望しなければならなかった。維新後三十年を経ても、日本の社会には色こく封建的なものが残っていた。自我を、人間らしく生きようとすれば、既成の制度や道徳と衝突しなければならなかった。藤村の歩んだ道は、浪漫主義文学の屈折を最も典型的に示している。「新しき詩歌の時は来たりぬ」と声高らかに叫び、「まだあげ初《そ》めし前髪の／林檎《りんご》のもとに見えしとき／前にさしたる花櫛《ぐし》の／花ある君と思ひけり」と「初恋」を明るい調子でうたった『若菜集』の詩人藤村は、しかし現実がそんな明るいものでないことをすぐ知らなければならなかった。明治三十三年の「千曲川旅情の歌」では、「小諸なる古城のほとり／雲白く遊子悲しむ」「ただひとり岩をめぐりて／この岸に愁《うれい》を繋《つな》ぐ」と、かなしみを主題にしなければならなかった。詩集『落梅集』には、もはや『若菜集』の明るさはなく、暗い、人生の悲しみが強く出てくる。それは、明治の社会が、その青春時代から壮年時代にはいり、維新の理想が失われ、いろいろな矛盾があらわれ、やがて日露戦争にはいっていく時代的な暗さの反映であった。藤村は浪漫主義の世界を抜け出してリアリズムの世界、自然主義に傾いて行く。

明治三十四年は、すでに「文学界」は廃刊になり、浪漫主義は衰えかけたときであった。藤村がまさにリアリズムの方向に転じようとしていたときであった。そのような時代に、「明星」は浪漫主義を旗じるしにして文学界に登場した。だから、それはこれから光をましていく宵《よい》の明星ではなく、明るい朝日に色あせ消えていかなければならない明けの明星の運命をになっていた。透谷・藤村のような美しい健康なものへのあこがれ、積極的に生きようとする内容が失われ、与謝野晶子の「やは肌《はだ》のあつき血汐《しお》にふれも見でさびしからずや道を説く君」という歌に代表されるような感覚的な、一歩あやまれば退廃に陥るようなものに変わっていた。啄木は、そのような「明星」の運動にふれ、文学的出発をした。

**盛岡中学における文学活動**

啄木が新詩社の社友になったのは、明治三十四年、中学三年のときであった。が、啄木は学内での文学活動にいそがしく、「明星」に作品を送ることはしなかった。

啄木の文学への関心は、及川古志郎・金田一京助らとの交渉によって深まって行ったが、そのほかにも野村長一(胡堂)の活動、田子一民・瀬川深らの回覧雑誌など、盛岡中学には啄木を刺激するものが多かった。

啄木の文学活動は、回覧雑誌「丁二雑誌」「三ヵ月」の編集発行、さらに瀬川深の主宰する「五月雨《さみだれ》」と「三ヵ月」を合併した「爾伎多麻《にきたま》」の発行などであった。ことに「爾伎多麻」は、啄木が中心になったものであり、翠江《すいこう》という雅号で発表された短歌・美文は、『啄木全集』に収められている最も初期の作品で、中学時代の文学活動を知るうえで重要なものである。

この雑誌には啄木の「嗜好《しこう》」があげられているが、そこでかれは晶子の『みだれ髪』を愛読書としている。金田一京助を介して新詩社の歌風にふれた啄木が、特に晶子に関心を示していたことがわかる。ここに発表された啄木の歌も、

人けふをなやみそのまま闇に入りぬ運命《さだめ》のみ手の呪《のろ》はしの神
見ずや雲の朱《あけ》むらさきのうすれ〱やがて下りくる女神のとばり

というような新詩社風の、ことに晶子の影響の強いものである。「明星」派の歌風を、すみやかに自分の歌に生かす啄木の才能はすばらしいものであった。

「三ヵ月」と「五月雨」の合同ひろう会は、三十四年九月七日、第二高等学校へ進学した先輩金田一京助・田子一民の送別会を兼ねて行なわれた。この会を啄木は幹事として主宰し、かなりの盛況であった。

このほか、中学時代の啄木の文学活動として注目されるものに白羊会がある。これは、新詩社同人で盛岡

中学の教師だった大井蒼梧《そうご》を顧問にした歌の会で、会員はそれぞれの歌を匿名《とくめい》にして一冊にまとめて回覧し、時には短歌の運座を試みた。この会でよまれた啄木の歌も、おおかたは新詩社風のものであるが、明治三十五年一月の白羊会詠草《えいそう》には、

夕川に葦《あし》は枯れたり血にまどふ民の叫びのなど悲しきや

という一首がある。これは足尾銅山から出る廃液で、栃木県渡良瀬《わたらせ》川流域の何万ヘクタールという田畑が枯れ、収穫がなかったので、被害地の農民一千名が陳情のため上京し、警官隊と衝突したことから世間に騒がれた鉱毒事件をうたったものである。事件は、明治三十三年二月のことだったが、鉱毒問題は解決されず二年後の三十四年十二月に、代議士だった田中正造が、天皇に直訴《じきそ》を企てたことから大きな社会問題となった。啄木の歌は、その直後につくられたものである。

この事件に対する啄木のヒューマニスティックな関心は、被害地へ義援金を送るまでに発展した。ちょうどそのころ（明治三十五年一月二十三日）、八甲田山遭難事件があった。日露関係が緊迫し、日本軍は開戦にそなえて大演習をくりひろげていた。青森歩兵第五連隊第二隊長山口少佐以下二百十名が雪の八甲田山の行軍の途中猛吹雪にあって雪にうずもれ、数名を残して凍死した。その号外が岩手日報社から数日続いて出た。啄木らはその号外を売って足尾鉱毒被災地へ義援金を送った。

しかし、さきの歌や、鉱毒事件の被災地へ義援金を送ったということで啄木の社会的な意識を過大評価し、後年啄木が社会主義的な考え方をするようになったことと結びつけるのはまちがいである。義援金のことも、主唱者は伊東圭一郎と当時新聞配達をしていた小野弘吉で、啄木はユニオン会の一員としてそれを手伝ったにすぎない。

ユニオン会は、同級の阿部修一郎・小野弘吉・小沢恒一・伊東圭一郎・啄木の五人でつくっていた会である。会員は毎週土曜日の晩、順番にそれぞれの家に集まり、英語の勉強をすることになった。テキストにユニオンリーダーの第四を使うことにしたので、そこから会の名称をユニオン会ときめた。当番をきめて一章ずつ訳読し、腑《ふ》に落ちないところを聞きただすようにした。そのあとは雑談で、新聞や雑誌の記事、新刊本の感想などが話し合われた。ことに「太陽」に連載されていた高山樗牛《ちょぎゅう》が評判になった。当時、樗牛や姉崎嘲風らによってニーチェが紹介され、流行したが、啄木らもそのとりこになった。文学論で小沢と啄木は話が合った。啄木と小沢は、恋愛問題でもよく談じた。啄木は堀合節子との恋愛が進んでいて、恋愛問題は身近な、切実な問題だったのである。

## 堀合節子との恋

啄木が節子と恋愛関係になったのは、中学二年、十四歳のころと思われる。伊東圭一郎が啄木からはじめて恋を打ち明けられたのは、三年生のはじめころだったという。

啄木は同じ渋民村出身で高等小学校へ通っていた金矢光一と親しかった。金矢家は渋民の資産家で、盛岡

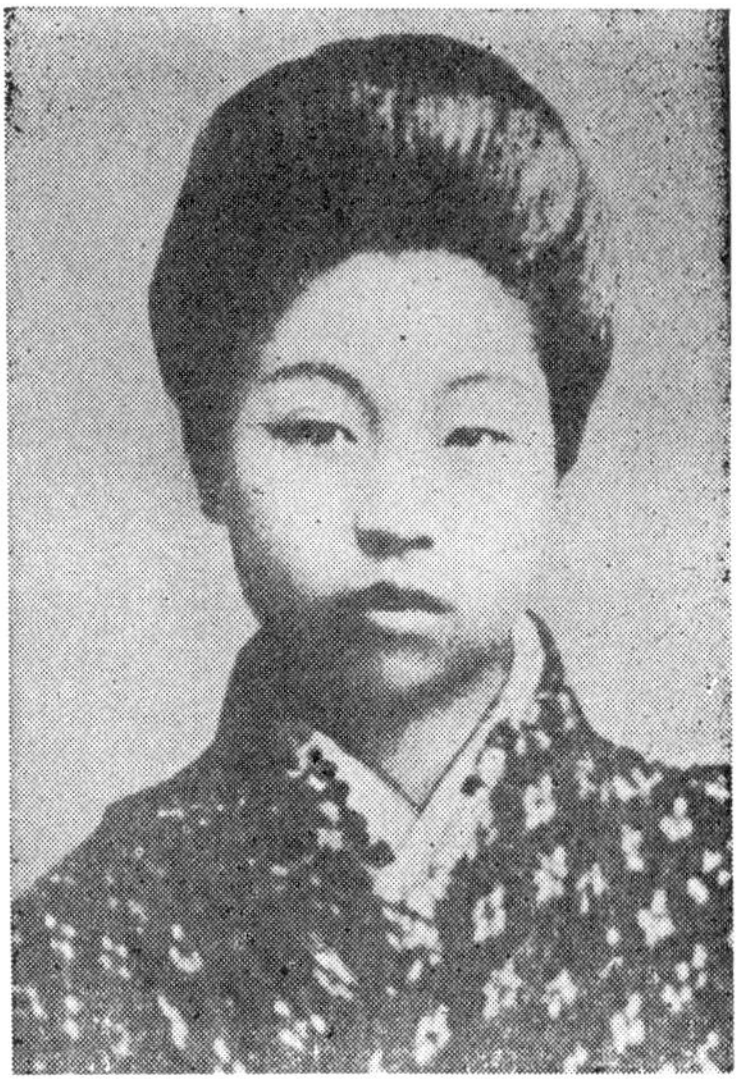

教員時代の堀合節子

の仁王小路にも家を持っていて、その家には光一のほかに姉のぶ子、叔父《おじ》にあたる七郎、七郎の妹りう子が同居していて、啄木は七郎とも親しかったので、よく金矢の家に遊びに行った。また節子は、のぶ子と盛岡女学校で同級で、高等小学校時代から親しかったので始終金矢家に遊びに行き、そのほか板垣玉代なども集まり、若い男女のグループができた。そしていっしょにカルタ会をしたり、茨島へきのこ狩りに出かけたりした。時々は二十キロの道を歩いて渋民まで行った。宝徳寺でかくれんぼをした時、啄木と節子がみえなくなって、みんなで探したこともあった。いつかグループの中で啄木と節子は相思相愛の間柄になり、節子は川口村の親戚《しんせき》に行くといって、宝徳寺へ遊びに行くこともあった。

学校のあるときでも、節子はさぼって啄木の下宿へ短歌を教わりに行った。夜も友だちの家へ勉強に行くといって啄木を尋ねた。妹のふき子が帰りが遅いので、友だちのところへ迎えに行ったがいなかったので啄木のところにまわると、節子と啄木は何かひそひそと話し合っていた。

二人は長い手紙を交換するようになった。節子は巻紙で十メートルもあるような長い恋文を啄木に送った。啄木もそれに負けないような長い恋文を書いた。啄木はその手紙を友人に見せて恋を打ち明けた。佐藤善助も伊東圭一郎も、ただ感心して聞いているだけだった。

わが恋を
はじめて友にうち明けし夜のことなど
思ひ出づる日

啄木はそのころのことを『一握の砂』の中でこのように回想している。

節子は、明治十九年十月十四日、堀合忠操《ちゆうそう》の長女として生まれた。彼女は、両親にかわいがられ、高等小学校を経て、明治三十二年の春、岩手県下で唯一のミッションスクールである私立盛岡女学校に進んだ。

盛岡女学校時代の節子について、彼女と机を並べ、啄木の友人小沢恒一の夫人になった糸子は、「質素な方《ほう》で、何時も目立たぬ縞《しま》の木綿の着物に、同じやうな羽織を着て居りました。羽織を用ひぬ時は瓦斯《がす》糸で織つた赤と白、又《また》は黄と白の棒縞の帯を、お太鼓《たいこ》にきちんと締めて、常に身なりは質素ながらも整つてゐました」といっている。さらに桃割れに結った節子の顔立ちについて、「丸ぽちやで、色は白い方ではありませんが、筋《すじ》の通つた鼻、愛嬌のあるやゝ厚味の口もと、笑《え》めば可愛い歯並を見せて、眼は細いが切れが長く、光りがありました。この眼にふさわしい三日月を思はせる眉《まゆ》をもつて居られました」と印象を語っている。

節子は、啄木を知ってから、動作が特にきびきびとして美しくなったという。

いちめん節子は、女学校時代にヴァイオリンを習う、当時としてはモダーンな少女であった。声もよく、音楽を勉強したいという希望をもっていた。啄木の歌にも

わが妻のむかしの願ひ
音楽のことにかかりき
今はうたはず

とある。当時、盛岡女学校には師範学校の先生で音楽学校出身の若い音楽教師が教えに来ていて、音楽熱が盛んになっていた。節子もその影響を受けたのであった。

節子は、明治三十五年三月、女学校を卒業し、家庭にあって家事にいそしんでいたが、三十七年三月から岩手郡滝沢村の尋常小学校に裁縫《さいほう》科担当の代用教員としてつとめた。

啄木は文学活動に熱中し、節子との恋愛に夢中になり、学校の勉強に身がはいらず成績は下がる一方だった。

師も友も知らで責めにき

謎に似る
わが学業のおこたりの因《もと》

城址《しろあと》の
石に腰掛け
禁制の木《こ》の実をひとり味ひしこと

など、『一握の砂』に収められた歌はこのころの事情をうたったものである。教室の窓からのがれ出ては近くの城址へ行き、草にねころび、思いにふけり、禁じられている文学書をむさぼり読んだ。夜は二時、三時までも詩歌の本に読みふけり、あるときは寝静まった夜の街《まち》を喪家《そうか》の犬のごとくさまよった。朝は大抵すでに授業のはじまったころに目をさまし、時々は落第しては両親に気の毒だと思って学校に出て行く。しかし授業には身がはいらなかった。すぐねむくなる。先生の話は聞かず、歌をつくり、ノートにバイロンの詩句をくり返し書きつけた。物理の時間には審美学の本を読んだ。先生を、こわれた時計のごとく、進むにも退くにも人生に何の影響もない人として軽蔑《けいべつ》し反抗した。

もはや啄木は学校に行くことに何の価値も認めることができなかった。なぜ学校へはいったか、なぜ毎日学校へ行かなければならないのかと自問自答した。節子との恋愛はかれに人生を真剣に考えさせ、文学はしだいにかれを支配するようになり、学校はおもしろくなくなった。学校に先生排斥のストライキ事件があり、職員の大移動があり、校風が一変したことも啄木を学校から遠ざからせる原因になった。

## ストライキ事件

当時のことを、啄木は担任だった富田小一郎先生にふれながら、「翌年（明治三十四年）三月、母校に騒擾《そうじょう》あり。当初予等の級より校長に差出したる歎願書なるものは、実に佐藤君の下宿に徹宵《てつしょう》して阿部君と小生の書ける物なりき。騒擾漸《ようや》く大にして学年試験は無耶《むや》々々の間に過ぎ、四月職員の大更迭《こうてつ》あり」（「百回通信」）と追想している。この騒擾——ストライキは、中学校内における郷土出身の先生と他県から来た先生との内輪もめから、他県から来た先生がすぐにやめたりして、担任が始終変わるのに生徒たちが不満をもち、四年生だった野村長一らが校長宅へ押しかけて「古い先生を辞《や》めさせてくれ」と迫ったことに端を発した。野村らの要求は、「少し待ってくれ」ということで実行されない。それでストライキをやろう、ということになり、新聞社・県庁・先輩に訴えた。それに三年生が呼応した。

啄木らの三年丁組でも、ストライキに参加するかどうか議論された。二月二十六日、丁組一同は近くの招魂社社務所に集まった。その日の模様を、船越金五郎は、日記に次のように書いた。「しばらくありて級長阿部修一郎曰《いわ》く。かの××先生は不品行である。我々中等教育を受くる者、かの如《ごと》き師に教へを受けて晏如《あんじょ》たるべけんや、されば丙三年の如《ごと》きは盛んにストライキを始めをれり、而《しこう》してひとり我が丁三年は彼等のなすを見て黙しをるを得んや。故《ゆえ》に正当の法を以《もっ》て即《すなわ》ち彼の人の罪悪を数え、これを校長に具申《ぐしん》せんと欲するなり。もし不賛成なる人あらば、直にここを去るべし。去らざれば賛成の人と見なさむ。ここに於《おい》て決然起つて座敷を出る。その他去る者二人。」

船越金五郎ら反対者が去ったあと、一同は多田校長への具申書に署名した。具申書は、前夜佐藤二郎の下宿で、阿部修一郎と啄木が夜おそくまでかかって書いたものであった。反対して席をけった船越らも説得されて、三年丁組は団結した。こうしてストライキは全校的なものに発展していった。

県知事北条元利は、騒ぎが大きくなり、三月の期末試験も迫っていたので、ストライキの煽動《せんどう》者とみられた教師岡島献太郎を呼び、生徒の説得を依頼した。そして岡島がおとなしく試験を受けることをすすめたので生徒側もそれを了承することになった。

ストライキの結果は、その後の教員の大移動となってあらわれた。生徒側に加担した岡島献太郎は依願免職になり、校長多田綱宏は休職の処分を受けた。そのほか大半が依願免職・休職・免職となり、啄木らの担任だった富田小一郎ら三名が転任で、全職員二十八名のうち、二十名が更迭されるという結果になった。

ストライキによって生徒間に評判の悪かった教員の大部分が更迭され、生徒側にひとりの犠牲者も出さなかったから、大成功のようにみえた。しかし結果は逆であった。大部分の職員が入れかわり、新校長山村弥久馬は徹底的な弾圧策に出た。先生が生徒の家へはいり込み、机の中から本箱の引出しまで検査した。カンニングを防ぐために、試験を雨天体操室で行ない、机を甲・乙・丙・丁の四列に並べ、机の間隔を一メートルずつとり、しかも問題は甲と丙、乙と丁にそれぞれ異なったものを出すというような方法がとられた。

生徒間にも黒シャッツ団のような硬骨団が現われて軟派を片っぱしから袋だたきにした。こうして、それまであった自由で悠長《ゆうちょう》な校風は失われ、規則づくめの重くるしいものに一変した。

堀合節子との恋愛が進み、文学活動にいそがしく、教師から禁じられた文学書に読みふけっていた啄木は、そのような教育方針に順応できるはずがなかった。わずか三日しか出席しない月があったりで、「本校創立以来無類の欠席者にして、又前後二回まで譴責《けんせき》の罰に処せられた」(「林中書」)という有様であった。そのような状態で、啄木は一年をどうにかすごした。しかし、五年生になると追いつめられて不正事件を起こした。

## カンニング・退学

啄木は学校も欠席がちで成績も下がる一方だったので、そのまま行けば落第が必至の状態であった。そこで啄木は、特待生の孤崎嘉助にカンニングを頼んだ。孤崎は数学の試験のとき、答案を二枚作成し、教室から先に出る際一枚を啄木に渡した。それを教師に発見された。

七月十五日の職員会議で、関係者の答案を無効にし、譴責に処する決定がなされ、啄木の保証人召喚が決まった。八月三十一日の会議では、孤崎の譴責処分と特待生を解く決定がなされた。

この事件で無事に中学校を卒業することができないと思った啄木は、学校に対する興味を全く失っていたので、卒業を数か月後にひかえながら、退学を決意し、夏休みが終わっても盛岡へ出てこなかった。そして十七歳の少年啄木は、その年の十月下旬、活躍の舞台を求めて上京の途についた。

# あこがれの時代

ふるさとの山に向ひて
言ふことなし
ふるさとの山はありがたきかな

東京へ活躍の舞台を移すとすれば、新詩社以外にはなかった。晶子の歌に心酔し、新詩社の周辺にあった蒲原有明《かんばらありあけ》や薄田泣菫《すすきだきゆうきん》の詩を愛読している。啄木は与謝野鉄幹に手紙を書き、作品を送った。

## 上京

血に染めし歌をわが世のなごりにてさすらひこゝに野に叫ぶ秋

という歌が、明治三十五年十月号の「明星」にはじめて載《の》った。啄木が盛岡中学を卒業まぎわに中途退学して上京したのは、この月の下旬であった。

ユニオン会の人々
左から啄木・阿部修一郎・小野弘吉・伊東圭一郎・小沢恒一

東北の秋は早い。十月三十日、啄木は両親と妹光子に別れ、老僕元吉に送られて好摩駅に向かった。枯葉が散り、草は霜に枯れていた。「かくて我が進路は開きぬ。かくして我は希望の影を探らむとす。記憶すべき門出《かどで》よ」と啄木は、はるかなる東京の空を思いながら、この日の日記の一節に書いた。啄木の膨大な日記はこの日からはじまる。

盛岡に下車、下宿していた田村家に寄り、すぐに友人を訪問し、別れを惜んだ。岡山儀《ぎ》七と下の橋写真館へ行って記念写真をとった。それから新詩社同人であり白羊会の顧問であった大井蒼梧《そうご》を尋ね、『透谷全集』を贈られた。夜は阿部・小野・小沢をさそって伊東を尋ねた。ユニオン会の五人は、この夜集まって会員啄木のささやかな送別会を開いた。こうして郷関を出た一日はすぎていった。明日はいよいよ盛岡をたつ日、啄木は一日の疲れが出てぐっすり眠った。

十月三十一日、午後五時五十五分の汽車に乗ることになっていた。午前中に節子が尋ねてきた。しばしの別れと思うけれども悲しい。節子は、ただ涙で啄木と別れた。午後にはユニオン会のメンバーが集まり、公園の近くの高橋写真館へ行って五人で別れの写真をとった。さらに岡山儀七や瀬川深が尋ねてきて夕方まで話しこんだ。そして世話になった伯母《おば》の海野《うんの》いえや姉に別れて駅へ向かった。友人・恋人に送られて旅立つ啄木の胸中は複雑だった。

大きな希望を胸にいだき、「人生の高調に自己の理想郷を建設せん」という意気ごみで上京する十七歳の啄木は、しかし両親に別れ、友と別れ、恋人と別れての前途に一抹《いちまつ》の不安を感ぜずにはいられなかった。これから行く東京に自分を待っているものは何か。さしあたって何をなすべきか、何の予定もなかった。

翌日上野に着いた啄木は、雨の中を小石川にいる先輩細越夏村の下宿へ車を走らせた。そして次の日、細越に案内されて散歩に出、下宿をさがした。小日向台《こひなただい》に六畳に床の間つきのながめのいい部屋を見つけ、夜そこへ移った。細越と共に机や本箱など身のまわりの買物をして、自分の部屋をととのえた。

やがて細越は帰って行き、ひとりさびしい部屋に残され、にわかに旅の憂いにおそわれた。ふるさとのことがあれこれとまぶたに浮かんでは消えて行く。日夜ながめくらした岩手山の雄姿が思われ、

岩を踏みて天の装ひ地のひゞき朝の光の陸奥《みちのく》を見る

という歌をノートに書きとめた。

こうして啄木の東京での生活ははじまった。十一月三日、啄木は中学の先輩野村長一を本郷の下宿に尋ね

たが留守《るす》だった。帰りに上野公園にまわり、日本美術展を見て、野村に葉書を書いておいた。次の日の夕方、啄木は野村の訪問をうけた。啄木はこの先輩から、「君は才に走りて真率の風を欠く」「着実の修養を要す」と忠告され、中学を正式に卒業することをすすめられた。そしてこの先輩は、いっしょにほうぼうの中学を歩いてくれたが、いずれも五年生に欠員がなく、中学編入はあきらめなければならなかった。

上京の目的は大きかったけれども、東京での生活はまったくの手さぐりの状態だった。が、かれは徐々に活動をはじめる。最も期待していた新詩社との接触もできた。かれは十一月九日、牛込神楽《かぐら》町の城北倶楽部《クラブ》で開かれた新詩社の集会に、細越夏村といっしょに出席し、はじめて与謝野鉄幹に会った。

### 与謝野鉄幹との出会い

この日の集会では、東京社友間の回覧雑誌編集のこと、「明星」の体裁《ていさい》を変えること、新年大会のことなどが、討議された。出席者は鉄幹はじめ、岩野泡鳴《ほうめい》・相馬御風・高村光太郎ら十四名だった。啄木はこの日の出席者ひとりびとりを日記で批評し、鉄幹については、「想《おも》へるよりも優《やさ》しくして誰とも親しむ如《ごと》し」とその第一印象をしるしている。そして会の活発な様子に驚き喜びながら、「あゝ吾《われ》も亦《また》この後少しく振るふ処あらんか」と抱負を述べている。

この集会の翌日、啄木は渋谷に与謝野家を尋ねた。その模様は、日記に次のように書かれている。「先《ま》づ晶子女子の清高なる気品に接し座にまつこと少許《ばかり》にして鉄幹氏莞爾《かんじ》として入り来る、八畳の一室秋清うして庭の紅白の菊輪大なるが今をさかりと咲き競ひつゝあり。」「談は昨日の小集より起りて漸《よう》や興に入り、感趣湧《わ》くが如し。かく対する時われは決して氏の世に容《い》れられざる理なきを思へり。」さらにこの日の文学談から、晶子夫人のことを長々と書き、「鉄幹氏の人と対して城壁を設けざるは一面尚《なお》旧知の如し」とも書いている。啄木の与謝野鉄幹に接しての感激、その人となりに敬服していることがわかる。

また与謝野鉄幹は、初対面の啄木の印象を、「卒直で快活で、上品で、敏慧《びんけい》で、明るい所のある気質と共に、豊麗《ほうれい》な額《ひたい》、莞爾として光る優しい眼、少し気を負うて揚げた左の肩、全体に颯爽《さっそう》とした風采《ふうさい》の少年であつた。妻は今日でも『森鷗外《おうがい》先生と啄木さんの額の広く秀麗であることが其人の明敏を象徴してゐる』と云つて讃《ほ》めるのである」と回想している。

こうして与謝野鉄幹との関係もでき、啄木の東京での生活も少しずつ方向が定まってきた。一方ではチャールス＝ラムの『シェクスピア物語』やバイロンの詩集を買い求め、猛烈に勉強をはじめた。一日英語の勉強についやし、また図書館で読書にすごすような毎日が続いた。バイロン・シェクスピアを読み、トルストイの『我懺悔《ざんげ》』などを読んだ。『即興詩人』を読んだ日の日記には、「飄然《ひょうぜん》として吾心を襲ふ者、あゝ何らの妙筆ぞ」としるされている。

イプセンの『ジョン＝ガブリエル＝ボルクマン』の英訳本を読んでは、その翻訳をはじめている。啄木は、この翻訳で生計を立てようと考えていた。

## 失意

しかし、こうして順調に行くかにみえた啄木の活動は、思わぬところから破綻《はたん》する。中学時代、二時、三時まで読書するという無理をしたのがたたって、いちじるしく健康を害していたのが、この時期にあらわれたのである。十一月には図書館で読書中急に高熱を覚え、帰っても頭痛がするので早く寝なければならないようなことがあった。十一月二十五日の日記には「余はこの頃健康の衰へんことを恐る」とある。そして啄木は、ほとんど健康に自信を失っていった。

そうすると恋人のこと、故郷のことがひとしお思われる。日記にも「あゝ汝《なんじ》故郷よ。岩峯の銀衣、玉東の白袖《はくしゅう》、夫《そ》れ依然《いぜん》として旧態の美あるか」というような故郷をしのぶ記述が多くなる。そしてその日記さえ書かれない日が多くなり、「日記の筆を断つこと玆《ここ》に十六日、その間殆《ほと》んど回顧の涙と俗事の繁忙とにてすぐしたり」という十二月十九日の記載を最後に断えてしまった。いまや盛岡での中学生活をなげうって上京してしまった軽率を後悔した。冬を迎え、健康は日に日に衰えていった。そして明治三十六年の正月は失意のうちに迎えなければならなかった。細越夏村にあてた賀状には、

不図《ふと》それて何地《いずち》去《い》にけん幸の魂うつろなる身に春めぐり来《き》ぬ

と幸福に見はなされて迎えなければならない春の悲しみを書き送っている。

とうとう啄木は、たよりになる人のいない東京で、失意と望郷の念にさいなまれながら、床に臥《ふ》す身とな

った。父一禎は啄木が病気で借金もあるということを聞いて驚き、たくわえもなかったので、裏山の栗の木を売る約束で二十円の金をつくって上京した。そして明治三十六年二月二十六日、啄木は父に連れられてさびしく東京を去った。滞京わずか四か月たらずで、啄木の「人生の高調に自己の理想郷を建設せんとする」目的は失敗に帰したのであった。

しかし、啄木の上京は全く無意味に終わったわけではなかった。与謝野寛に会い、その知遇《ちぐう》を得ることができたのは、心身共に疲れて帰郷した啄木にとって、大きな収穫であった。

渋民へ帰った啄木は、二月二十八日、友人に「あらゆる自然と人とは今我が心の塵《ちり》を洗ひ清め居候《いそうろう》。古くして益々《ますます》新たなる自然の情趣は申すに及ばず、友の一語、父母小妹の一挙手、恋人の一眄《いちげい》……若《も》し生に病者の最好薬剤はと問はば、生はたゞちに故郷にかへれと申すべく候」と書き送っている。こどものときから両親の愛を一身に受けて育ってきた啄木は、今度は病気だということもあって、いっそうのいつくしみを受け、わがままな保養がはじまった。家内では身勝手で暴君的でさえあった。村内でも何の仕事もせずにぶらぶらしている啄木は〝お寺のぶらりちょうちんが帰ってきている〟と悪口をいわれたが、頓着《とんちゃく》せず気ままにふるまっていた。

こうして故郷でわずかに元気になった啄木は、しだいに文学活動への意欲をとりもどし、六月には、

　この闇にこの火と共に消えてゆく命と告げば親は泣かむか

など、当時の身心共に追いつめられた心境をうたった歌を「明星」に投稿、七月号に五号活字で鉄幹、玉野はな子らと並んで載せられた。さらに十一月号には、「沈吟《ちんぎん》」と題して八首の歌が発表され、社告には啄木が同人に加わったことが報告されている。与謝野鉄幹は、啄木の歌を「私の好きな歌」と評し、平出修は、啄木ら四人の名をあげて、「新進中の新進、四君の舞台は三十七年一月後の誌上であらう」と期待をよせている。啄木は、故郷で病苦にさいなまれながら、こうして「明星」派の新進として中央の文壇に登場して行くことになった。それまでは短歌が主であったが、明治三十六年十二月号の「明星」に「愁調《しゅうちょう》」と題して、五篇の詩を発表して注目された。

ところで、それまで「明星」誌上で「白蘋《はくひん》」という雅号を用いていたかれは、この詩を「啄木」という雅号で発表している。「啄木」はここにはじめて用いられたのであるが、これは同年七月号の「明星」に発表された、

ほゝけては藪《やぶ》かけめぐる啄木鳥《きつつき》のみにくきがごと我は痩《や》せにき

という歌にみられるように、病気でやせおとろえた自分を自嘲《じちょう》的に呼んだものであろう。以後この雅号は死ぬまで用いられている。

「愁調」五篇の詩は好評で、啄木は新しい長詩の世界に自信を回復し、健康もとりもどして、希望の年明

治三十七年を迎えた。

## 希望の年　節子との婚約

この年元旦の日記に、啄木は「あゝ新らしき年は来りぬ。永き放浪と、永き病愁と、永き苦悩の泪《なみだ》にうち沈みたる我精神はかくて希望の大海に舟出せんとするの時をえたり」と書いた。この年は啄木にとってまさに希望の年であった。かれの詩は「明星」誌上に毎月発表された。「明星」のほかにも、「白百合」「時代思潮」「太陽」誌上に多くの詩を載せ、新進詩人として注目された。啄木の得意の時期であった。が、啄木を有頂天にさせたのは、節子との長年の恋が実をむすんで、婚約にこぎつけることができたことであった。

長い恋愛の期間だった。節子の父忠操は、ふたりの結婚に反対で、節子は一時外出を禁止され、啄木に手紙を書くことも禁じられたこともあった。

啄木は東京で生活の方針を立て、家庭を持つことを考えて上京したが、その夢はみごとに破れ、敗残の身を故郷にさらさなければならなかった。故郷の山川に接し、恋人と会えることのみに望みをかけて、かれは雪深き渋民村に帰った。節子は、疲れ傷ついたかれの心を清めてくれた。節子の愛はかれの病を日ましにかるくした。啄木は、その愛の中で詩の世界に明るい光を見ることができた。そして故郷での生活は一年がすぎた。節子との結婚問題もだんだん具体化してきた。

しかし、節子の両親はこの結婚に絶対反対であった。忠操は、文学に夢中になり中学を中途退学するような啄木をきらっていた。そのうえ啄木は病弱で何の仕事もせず、両親のもとでぶらぶらしていた。啄木のほうでも、父は本人さえよかったら、という意向であったが、はじめ母は節子をよく思っていなかった。節子は、女学校時代からよく宝徳寺へ遊びに来たが、泊って行くようなこともあり、昔気質《かたぎ》の母はそんな節子をきらい、この結婚には強く反対した。しかし、わがままなわが子に母は結局賛成しなければならなかった。それで、啄木の方から正式に申し込むことになり、盛岡の田村家についでいた姉サタが万事を引き受けてその労をとることになった。

啄木は、用事があって盛岡へ行くごとに節子に会っていた。三十七年一月八日の日記には、「夜の八時すぎまでせつ子と語る。あゝ我けなげの妻、美しの妻、たとへ如何なる事のありとて、我らは終生の友たる外に道なきなり」と書いている。親友伊東圭一郎の姉が死去し、その葬式に盛岡に出た啄木は、姉の家で節子と待ち合わせたのだった。一日おいて十日の日記にも、「未来を語り、希望を談じ、温かき口付けうち交はしつゝ話は絶間もなくうち続きたり。詩、音楽、宗教のけぢめもなく、くつろぎて、云《い》ひ渡り、さて語つくせれば無音の語ぞ各自の瞳《ひとみ》に輝きぬ」としるしている。

ふたりの仲は、もはやまわりのものがどうすることもできない状態になっていた。節子の父も、もしこの結婚を許してやらなければ、若い者同志のことだから、思いつめてどんなことを引き起こすかわからないと思われるような熱心さに、とうとう折れなければならないときがきた。

ふたりは妻と呼び夫と呼びその愛をおたがいに確信していたけれども、晴れて結ばれることを知ったときの喜びは大きかった。啄木が姉サタから、結婚の一件が確定したという手紙を受け取ったのは三十七年一月十四日のことだった。その喜びは、「待ちにまちたる吉報にして、しかも亦忽然《またこつぜん》の思あり。ほゝえみ自ら禁ぜず。友と二人して希望の年は来りぬと絶叫す」（日記）というほどであった。

二月二日に啄木の母は盛岡に出て、翌三日に堀合家を尋ね、正式に結納をすませた。こうして啄木と堀合節子は、晴れて結婚式を待つばかりの身になったのである。啄木は幸福の絶頂にあった。

明るい、幸福にみちた生活が、かれを行動的にした。かれは詩を毎月の雑誌に発表し、感想・評論を「岩手日報」に掲載した。盛岡から次々と友人をまねいて人生を語り、詩を論じた。友人たちには長い手紙を毎日のように書いた。樗牛会についても積極的なはたらきもした。

婚約当時の啄木夫妻

## 思想的立場

この時期の啄木の思想的立場は、樗牛会に参加し、その関係から姉崎嘲風《ちょうふう》と書面の交渉をはじめ、「渋民村より」に示された日露戦争の積極的肯定論に端的に示されている。

明治三十年代は、文学的にも前期浪漫主義から後期浪漫主義——耽美《たんび》主義の時代への過渡期にあたり、象徴的な傾向が強く出てきた時代であった。それは思想界における国家主義的な高山樗牛・姉崎嘲風らの流行と表裏をなすものであった。明治三十七年を中心とする啄木初期の文学は、「明星」的な浪漫主義と樗牛・嘲風らの浪漫主義的な傾向をもった国家主義が結びついたものであった。

啄木は、中学時代からニーチェに共鳴し、樗牛の論文に心酔《しんすい》し、自分を天才と思い込んでいるようなふしがあった。「樗牛は我らが思想上の恩師」であるという啄木は、自分を「詩神の奴隷」とし、「詩は我生命」とし、詩を天職と信ずると共に、日露戦争を主情的に肯定する立場にたっていた。

明治三十七年一月、日本とロシアの開戦が必至となってきた中で、啄木は積極的に主戦を主張している。そして二月九日、新聞の報道が、御前会議の結果、大臣がみな開戦に賛成し、天皇が宜《よろ》しといったことを伝えているのをみて、「大詔煥発《たいしょうかんぱつ》両三日中、肉躍《おど》る」と日記に書いている。そして日本艦隊の旅順口攻撃の戦果に対しては、「何ぞそれ痛快なるや」「予欣喜《きんき》にたへず」と手ばなしで喜んでいるのである。

啄木のこの日露戦争肯定が公的に発表されたのが、「渋民村より」という感想である。その中でかれは、「近事戦局の事、一言にして之《これ》を云へば、吾等《われら》国民の大慶この上の事や候ふべき。臥薪《がしん》十年の後、甚《はなは》だ高価なる同胞の貴財と生血《せいけつ》とを投じて贏《か》ち得たる光栄の戦信に接しては、誰か満腔《まんこう》の誠意を以《もっ》て歓呼の声を揚げざらむ」と戦勝を喜び血わかせている。

この戦争は、国民の大多数の犠牲のうえに、資本家、支配層のためにたたかわれたものであった。すでに幸徳秋水らは「万朝報」により、さらに平民社をおこしてこの戦争の本質をあばき、組織的な反戦運動を展開していた。トルストイの反戦論に呼応した安部磯雄のような人もいた。

啄木は友人に手紙を書いて、おのれの天職を詩人となし、現在の詩が少数の読者しかもたないのは、すでに思想において一世紀も進歩しているからだ、と暗に自分の思想が大衆をぬきんでて進んでいることを誇っているが、かれの日本の社会と歴史に対する考察は、流行の思想を出るものではなかった。

**アメリカへのあこがれ**

一年数か月の故郷における生活で、健康を回復し節子との婚約もなり、空想をほしいままに作詩にふけり、中央でも認められるようになってきた啄木は、いつまでもさびしい山村渋民に留まっていることができなかった。しきりに上京を思い、生来の空想癖《ぐせ》からアメリカ行きをさへ真剣に考えるようになった。

啄木のアメリカ行きの空想は、在米の詩人野口米次郎の詩集『東海より』を読んだことからはじまった。家計もさして豊かでなく、かれ自身生活能力がなく、上京したくもできない状態にあったから、十八歳にしてアメリカに渡り、詩人として成功した野口米次郎を知って、かれはさっそく手紙を書いて渡米の意志を伝え、援助を請うた。その手紙でかれは、詩人は現世を超脱した理想界の人にちがいないが、なお不幸にして高い修養と衣食の道をはなれることができない。それらのものは、日本の「物質以上の力を解しえぬ社会」では得ることのできないことから、「そこにはた易《やす》い方法によつて修養し衣食する道のあると云ふ米国」へのあこがれが強くなったことを語っている。そしてアメリカ行きが「私の生涯の進路をひらく唯一《ゆいいつ》の鍵ではないか」と書いて、野口の援助を請うている。

このアメリカ行きが、単純な一時的な思いつきでないことは、啄木が師と仰いだ姉崎嘲風に対しても、「我近頃、しきりに太平洋の波のかなた、ロッキイの山彙《さんい》走る自由の国に参りたく、夜な〳〵思ひに耽《ふけ》り居候。彼方《かなた》の友は、来れと云《い》ひ我も行かんと思ふ。思ひ思へど、身は遂《つい》に終始孤境の資なきみなしごに候」と四月十二日付の手紙に書き、四月十五日に友人小沢恒一にあてた手紙には、「生は本年の秋か来春は太平洋の彼方、ロッキイの山走る国へまゐらんと存《ぞん》ずる故、それ前には美装こらしたる一巻の詩帳を兄並びに故国《ここく》の文壇に頒《わか》たん」と書き送っていることから推察できる。

このような空想は、かれの浪漫的な性情にもよるが、不如意《ふにょい》な生活に甘んじている不満からでたことでもあった。詩人は高尚なもので衣食の問題にかかずらっていてはいけない。が、現実の問題として日本の社会では、衣食のためにその努力の大部分を費やさなければならない。そのうえ、かれは長男としての義務もあったので、十九歳になったばかりで、一家の主柱とならなければならなかった。そのような現実の苦労からのがれる道として、「た易い方法によつて修養し衣食する道のあると云ふ米国」へのあこがれが大きくなった。

しかし、実際は――かれは上京する資金さえ手にいれることができなかった。上京の希望は、父に伴われて渋民へ帰ったその年の秋からもっていた。その年十月二十九日に友人に出した手紙に、「私、今秋出京の企ても病魔の呵責《かしゃく》たへがたくて、哀《あわ》れ水の泡《あわ》と成り申候」とあり、病気が全快せず上京を思いとどまらなければならなかったことがわかる。翌明治三十七年二月には、姉崎嘲風に、「『時代思潮』は、校正なり何になりと、小生が五尺の軀《しゃく》《からだ》を動かすの余地無之候べきか」と東京での就職を依頼し、上京の意志を通じている。けれども、友人に手紙を出したくとも切手代もないというような日があって、資金も東京での仕事のあてもなく、渋民を出られないでいた。そのうちに考えも変わり、渋民にあって計画の著述に会心の筆を進めようと思う。計画の著述、というのは、六月二日に伊東圭一郎にあてて「生の上京はいつでもよいのだが、秋までに処女作の詩集を公にしたいと思ふので、その稿が全く成《な》るまでは、も少しこゝに居るかも知れぬ。尤《もっと》も今度出京しても直ぐかへる。なぜなれば著述するには静かな方がどうしてもよいからだ」と書いていることから、はじめての詩集の著述であることがわかる。結局、十月まで啄木は静かな故郷で作詩に専念することになる。その作詩活動は充実したものであった。

過去一年の渋民における作詩活動で、原稿の面では処女詩集刊行の目安がついていよいよ上京を決意した。が、あいかわらず資金の目あてがたたなかった。八月二十八日に、啄木は渋民をたって北海道小樽《おたる》に姉を尋ね、十月十九日に帰っているが、この旅行は上京の資金を得るためのものと思われる。

どうやら旅費を得た啄木は、明治三十七年十月二十八日、処女詩集出版を第一の目的にして上京の途についた。二年前のはじめての上京の時期と同じく、岩手山は白く雪化粧《げしょう》していた。節子が黒沢尻まで送ってくれた。

## 再度の上京

旅費だけを手に入れての上京で、東京でちゃんとした生活をするあてはなかった。詩集出版が目的であるが、それが成功すれば、節子との新家庭を東京で持つことを考えていた。とりあえず、詩や小説を書き、その稿料で生活できるだろうと思った。

東京に着いた啄木は、在京の友人を尋ね、与謝野寛はもとより、多くの名ある詩人を尋ね歩いた。書面で知遇を得た姉崎嘲風とも会った。帰国した野口米次郎と会い半日語り合った。詩集出版と原稿の売り込み、仕事を得ることがその目的の一つだった。

しかし、詩集出版の計画は、思うようにはこばなかった。「明星」にほとんど毎号作品を発表し、「太陽」「時代思潮」などにも書いて、多少の評判を得ていたが、この年少詩人の詩集を引き受ける出版社はなかった。上京した当初の予定は当然狂ってくる。ようやく、「太陽」に詩を載せてもらって、十二月にその原稿料その他で二十円を家に送ることができた。

しかし、年の瀬もおし迫って、啄木にはそれ以上の収入を得る目あてはなかった。さすが強気の啄木も、日ごとにあわただしさを加える東京の寒空のもとで途方にくれなければならなかった。

十四日の暁、雪の静かに降る音を聞き、にわかに望郷の念にとらわれ、その日一日、啄木は雪をながめながら故郷のことを思いすごした。そして夜、ひとり部屋にいるさびしさに耐えられず、かれは力なく筆を取りあげた。やるせない胸の中の思いをはきだしてしまいたかった。かれは嘲風にあてて手紙を書きはじめた。

「師よ。窓の外に聞ゆるは、雪の声ならずや。その仄《ほの》かなるおとづれに、蟋《し》々たる灯の光に、灰となり行く火鉢の埋火《うめび》に、あゝ今都の冬の夜は更《ふ》けぬ。」そして、上京の初志破れ、いま無為に故郷の山河を思う弱き心、感傷を、「あゝ雪の天国、そは我が故郷なりき。今日の日記は誌しぬ、この日ひと日、我はたゞ故郷、たゞ故郷を思へり、と」「師よ、我は活動を夢みて飄々《ひょうひょう》都門に入れり。入りて未だ五旬ならざるに何ぞ故山を恋ふるのかくも深きや」と書いた。しかし啄木は、「世の戦に敗れて早くもまた故山の安逸を欲するものとはおぼし玉ふな。双袖《そうしゅう》孤節の遊子《ゆうし》、旅にしてふる郷《さと》をしたふは、猶《なお》地の清き者が天上の故郷を恋ふるが如きのみ」と詩人であることの誇りを語ることを忘れなかった。が、金のはいる見込みのなかったかれの苦しみは相当のものだった。

十二月二十二日には、休暇で故郷へ帰る友金田一京助をうらやみながら、「生は予算が違って誠《まこと》に哀《あわ》れなる越年をせねばならぬ事と相成り候。詩人や学者、何処《いずこ》も同じ秋の夕ぐれにてトント算段がつかず。苦境も斯《こ》うなつては気楽な者、笑ふより外無之候」と苦境を訴えている。またこの三日後には、下宿への支払い、家への送金を理由に十五円の借金を金田一に申し込んでいる。そしてこの友人の好意で、かろうじて二十歳の春を迎えることができた。

明治三十八年の正月は、待望の旅順陥落で全国がわきかえり、東京では花電車が走った。友人に金を借りなければ年を越せないほど追いつめられ、さらに病気までしてさんざんだった啄木は、久しぶりに血のわくのをおぼえ、正月と戦勝とでお祭気分の街《まち》に出て花電車に乗った。五日には新詩社の新年会があった。上田敏《びん》・馬場孤蝶・蒲原有明・石井柏亭ら三十名近くが出席して盛会であった。その日一日おもしろおかしく遊びすごし、夜は与謝野夫妻・山川登美子ら八人と徹夜で歌をよみ、詩をつくった。

### 一家宝徳寺を追わる

啄木の周辺は決して明るくなかった。明治三十七年もおし迫った十二月二十六日、父一禎が宗費を滞納したことを理由に、宝徳寺住職を罷免《ひめん》されるという事件が起こり、生活能力のない啄木が、さらに父母をも養わなければならないという重荷を背おわなければならない事態になった。これは啄木にとって相当ショックだったらしく、「故郷の事にては、この呑気《のんき》の小生も懊悩《おうのう》に懊悩を重ね煩悶《はんもん》に煩悶を重ね」(三十八年四月十一日、金田一京助宛書簡)たといっている。

しかしこの事件は、啄木の上京中の明治三十七年十二月突然に起こってショックを受けた、という性質のものではなかった。すでに明治三十七年一月、姉崎嘲風に書いた手紙に、「生れてより僅《わず》かに十有九春をむかへたる許《ばか》りながら、早くも一家の難を負ふて立たざるべからざる身」という一節がみえるが、この「一家の難」というのは、単なる家計の問題をいっているのではないであろう。

啄木の盛岡遊学が、宝徳寺のあとを継ぐことを条件に檀家の援助を受けてなされたということも考えられ、かれはそのような期待をもたれていた。が、啄木は中学を中途退学して、文学的成功を目ざして上京してしまった。村人の啄木への期待は裏切られた。また、父一禎が病気でたおれた啄木を迎えに行くとき、金策に困り、寺の栗の木を檀家に無断で売ったという事件、さらに連れられて帰ってきた啄木は何の仕事もせず、父のあとを継いで宝徳寺の住職になるという意志のないことを知って、石川家に対する非難が強くなった。啄木はそれを知っていて、早晩自分が一家を養わなければならないことを覚悟していたのだろう。十二月十四日付姉崎嘲風宛書簡に「一週間以前、自らの筆によりて得たる所二十金、貧に痩《や》せます母へと送り侍《はべ》りける」とあり、同二十五日に金田一京助に「故家が困つては、矢張呑気《やはりのんき》で居られず」と借金を申し込んでいることも、父一禎が罷免になる十二月二十六日以前であることから考えて、そのあまり早かったことにショックを受けても、宝徳寺を出なければならないことはすでに覚悟していた、と思われる。詩人であることを天職と考えていた啄木が、詩人であっては容易に「高い修養と、衣食の道をはなるる事が出来ぬ」日本の社会をすててアメリカへ渡ろうとするのも、そのような状況からでてきた。

とにかく、詩集が出ればどうにかなるだろう、と思っていた啄木にとって、一家を養わなければならないという大問題が、その計画のはかばかしく進まないうちに起こってしまったことはショックだった。明治三十八年三月二日に、石川家は宝徳寺を退去している。一家の生活をささえなければならない義務が啄木の双肩にかかってきた。その啄木は、東京で三度の食事もちゃんととれないような追いつめられた生活をしていた。かれは、いまやすべてを詩集出版にかけなければならなかった。どうにか三十八年四月に出版の予定がついたので、一家を東京に呼んで家を持つことを考えた。

## 『あこがれ』の出版

詩集出版の予定は遅れに遅れた。三十七年の暮れには、一月に詩集が出て、今書いている小説とで小百円にはなるつもりだから、といって金田一から十五円借りたが、四月になっても詩集は出なかった。小説はもちろん金にならなかった。三月六日には、金田一に、「あゝ我は大罪人となりぬ。我は今この風寒き都を奔走《ほんそう》しつゝあり。願はくば少しくまたれよ」と借金返済の遅れをわびる手紙を書いている。金田一だけでなく、多くの友人・先輩から、詩集を出版するまで、といって借金し、不義理をしていた。それもどうにかしなければならない。

こうして啄木の処女詩集にかける期待はさらに大きくなった。文学的成功という野心だけでなく、節子との結婚、一家の生活、友人たちへの義理がそこにはかけられていた。

その詩集『あこがれ』は明治三十八年五月三日、小田島書房より出版された。盛岡高等小学校時代の級友小田島真平の兄嘉兵衛・尚三兄弟の好意による出版であった。上田敏の序詩、与謝野寛の跋《ばつ》を得、扉《とびら》には「此《この》書を尾崎行雄氏に献じ併《あわせ》て遙《はるか》に故郷の山河に捧《ささ》ぐ」という献辞《けんじ》を印刷したこの詩集は、同郷の友石掛友三の装幀《そうてい》になる美しい体裁《ていさい》のものであった。

『あこがれ』は、初版、再版あわせて一千部印刷され、若冠《じゃっかん》二十歳の詩人の詩集として文壇に多少注目もされたが、ほとんど売れなかったという。元来詩集が、それほど多くの読者を獲得するのは、洋の東西を問わず困難なことである。ましてや「明星」を舞台にしてわずかに名の知られはじめた、いわば無名の啄木の詩集が売れるはずがなかった。

かれの『あこがれ』にかけた期待はみごとに裏切られた。一家を東京へ迎えるどころか結婚費用も、借金の返済すら思いもよらなかった。しかし、詩集の製本が終わった五月十一日には、啄木と節子の媒酌《ばいしゃく》人である上野広一に手紙で駒込に家をみつけたことを知らせ、さらに、「せつ子には御伝へ被下度候。天下の呑気男なる啄木の妻となるには、駒込名物の藪蚊《やぶか》に喰《く》はれる覚悟で上京せなくてはならぬと。家の取片付け済み次第《しだい》、せつ子を呼び寄せるつもりに候」と追伸している。実際に啄木は友人と駒込に家を見に行き、借りる約束をしたのだった。

が、啄木は上野広一に手紙を書いて十日もたたないうちに、都落ちのていで上野をたって盛岡に向かった。そして仙台で途中下車して、「ふる里の閑古鳥《かんこ》を聴《き》かむと俄《にわ》かに都門をのがれ来て、一昨夕よりこの広瀬川の岸に枕せる宿に夢の様なる思に耽《ふけ》り居候」と友人にたよりしている。

# 日本一の代用教員

我が思は影なき日なりとこしへの生羽と化してみ胸つつまむ
――石川節子

## 新郎のいない結婚式

盛岡のほうでは、十九日に啄木が上野をたったという知らせがあったので、帰省していた佐藤善助と上野広一が奔走して結婚式の準備を進めた。式の日は五月三十日に決まった。が、啄木はいくら待っても帰って来なかった。渋民村に帰っているという噂《うわさ》で、節子と妹の光子が行ってみたが、そこにもいなかった。そして結婚式の当日になったが、とうとう啄木は姿を現わさなかった。佐藤は、当日汽車が着くたびに駅へ行ったが、夕方式のはじまる時刻になっても、ついに帰って来なかった。そして花婿《むこ》のいない奇妙な結婚式になった。

十九日に上野をたった啄木は、仙台で下車して土井晩翠《つちいばんすい》を尋ねたり、友人の小林茂雄や猪狩見竜らに会い、大泉旅館に宿をとり、「東北新聞」に「わかば衣」という随筆を書いたりして、十日ばかりすごした。結婚と、何の財産もない一家の糊口《ここう》の責任という重荷をおわされた啄木は、待望の処女詩集の出版はできたけれども、あてにしていた金はできず、盛岡の家族および妻となる節子の前に帰ることができなかったのである。

盛岡に帰るに帰れないでいた啄木は、月末になって、母が重体だから、といって土井晩翠夫人から十五円借り、旅館代まで払ってもらい、ようやく帰省の途についた。しかしかれは、結婚式の行なわれる盛岡で下車せず、好摩駅まで行ってしまった。そこから、媒酌人の上野広一にあてて、「友よ友よ、生は猶《なお》活《い》きてあり、二三日中に盛岡に行く、願くは心を安め玉へ」というはがきを出した。その日の夕刻、かれは自分の結婚式が行なわれることを知っていたのである。

こうした常軌《じょうき》を逸《いっ》した行動は、啄木の強い自尊心から出てきている。一家を養わなければならない立場にありながら、まとまった金を持たないで帰ることはできなかった。好摩まで行ってしまったのも金策のためだった。まとまった金を得て節子との新家庭を営みたいと思ってのことだったろう。それも思うにまかせず、六月四日、啄木は悄然《しょうぜん》と家族と節子の待つ盛岡の家に帰ってきた。啄木が東京にいると思っていた節子は、上京せよというたよりの来るのを待ち、親戚《しんせき》に挨拶《あいさつ》まわりをすませ、友人から餞別《せんべつ》までもらい、持って行く荷物をまとめていた。そこへ啄木がひょっこり現われたので、節子は泣きながらも愁眉《しゅうび》をひらいたのだった。

長い恋愛の期間で、いろいろな曲折を経てふたりはようやく結ばれた。東京で家庭を持つことはあきらめ、盛岡市帷子小路《かたびらこうじ》に新居をさだめた。その家の四畳半が、啄木夫妻と妹光子の居室だった。この、畳の色は焦《こげ》茶《ちゃ》色という古びたへやで啄木夫妻の新婚生活ははじまった。啄木はその生活を、「四畳半裡《り》の三週日は我が

新婚第一歩の家

生涯に一新時期を画せり」と書き、「あゝ夢の如くも楽しく穏かなりしそこの三週日よ」と回想している。奇妙な結婚式にはじまり、そして金もなくはじめられたにもかかわらず、新婚生活の楽しさがうかがえる。

この四畳半での生活を続けること二十日で、啄木一家は加賀野磧《かわら》町に転居した。清流中津川畔にある閑静な家だった。家の裏には大きな伽羅《きゃら》の古木があり、庭にはバラや紫陽花《あじさい》がきれいに咲いた。川の音がかすかに聞え、風も涼しかった。前の家と比べると畳も襖《ふすま》も障子《しょうじ》も壁も新しい。啄木は、「かの室（前の四畳半）にて、日毎《ごと》に心耳《じ》を澄まして聞くをえしヴアイオリンは、この新居にても亦《また》聞きえざるにあらず。我が書きたるものに振仮名を附《つ》くる事と、日毎の新聞より『閑天地』切り抜くを勧めなりけるその人も、亦《また》我と共にここにあり。老いたる二柱の慈《じ》親も小さき一人の妹も、いと健《すこ》やかにて我と共に移りぬ」（「閑天地」）と書いている。収入は啄木のわずかの原稿料しかなかったが、一家そろっての幸福な毎

日であった。明治三十八年七月の「明星」には、「涼月集」と題して、啄木・節子連名の短歌七首が発表されているが、その中に、

まどろめば珠《たま》のやうなる句はあまた胸に蕾《つぼ》みぬみ手を枕に
青梅は音して落ちぬほととぎす聴くと立つなる二人の影に
中津川や月に河鹿《かじか》の啼《な》く夜なり涼風《すずかぜ》追ひぬ夢見る人と

という歌がある。「杜陵《とりょう》の青嵐に胸の塵臭《じんしゅう》吹き払はせて一家団欒《だんらん》のうちに無上の『愛』の宝果をむさぼりつゝある」（伊東圭一郎宛書簡）というような満ち足りた生活が思われる。

一方では中学以来親しくつきあってきたユニオン会員との絶交事件もこの中津川畔の幸福な生活の中にあった。上京して多くの友人に迷惑をかけ、『あこがれ』が出るまで、といって借りた金も返していなかった。そしてかれの常軌を逸した行動から多くの友人が離れていった。啄木夫妻の媒酌人だった上野広一も結婚式の翌日に、啄木と交際を断つことを宣言している。八月になってからは、ユニオン会の一員で、中学以来の親友であった小沢恒一が、従来のごとき態度を持ち続けるならあくまでも敵としてたたかわなければならない、というような、絶交をいいわたすというより、啄木があまり友人間に迷惑をかけるので、それを忠告するような手紙を書いた。啄木はこの忠告に対して返事を書かなかったが、明治三十九年正月に小沢から賀状

を受けとりその返事に、「小生は昨年八月二日附《づけ》の貴書を読みたると同時に、小生の方より貴下に対して永久に絶交せんと決心致し居るものに候」と自分の非を認めず、自分の側から絶交を宣言している。そしてユニオン会員との交際は断たれた。こうして、詩人であることを天職とし、天才を気どり、金を借りては返済しない啄木から、古い友だちがしだいに離れていった。

## 小天地

中津川の啄木の家には、盛岡の文学青年が次々と集まってきた。「明星」の同人であり、「時代思潮」や「太陽」に毎月のように作品を発表し、若冠にして詩集『あこがれ』を出版した啄木は、中学時代の歌仲間や盛岡の文学青年にはたのもしい存在だった。仲間は夜おそくまで議論し、徹夜で歌会を催すこともたびたびだった。節子は洗い髪姿で、入れ代わり尋ねてくる客を接待した。そこに自然と文学的なサロンが形成されていった。

そのような中から、文芸雑誌を出す計画が生まれてきた。大信田落花が費用を出すことも話がついた。そして八月十一日には、与謝野寛・岩野泡鳴・正宗白鳥・小山内薫《おさないかおる》・綱島梁川《りようせん》など、中央文壇で活躍している人々に原稿依頼の手紙を出している。一か月も期間のない九月一日創刊の予定で準備が進められた。啄木は、ひとりで広告の文案を作り、表紙を書き、さらに印刷屋の交渉までやるという身の入れようだった。今に東京の連中をびっくりさせてやる、という意気込みであった。

そうして雑誌「小天地」は、予定より一日遅れただけで、九月二日に創刊された。与謝野寛はじめ中央文壇で活躍している中堅の作品を載せていることで、地方の文芸誌としては充実したものであった。「新小説」では、「地方の雑誌としては、寄書家に多くの知名の士を有する点や、体裁の整つてゐる点や、主幹啄木の新詩に一種の特色あつて誦《しよう》するに足る点など、侮《あなど》り難《がた》い前途を有してゐるらしく思はれる」とほめられた。啄木の属している新詩社では、その主張に反する岩野泡鳴や相馬御風の作品を載せていることから冷淡にあつかわれたが、概して好評だった。

創刊号が出ると、啄木の意気はさらにさかんになった。九月二十三日に金田一京助に書いた手紙には、「凡《およ》そ雑誌の経営位は男子一人の事業としては一小些事《さじ》にすぎず候へども、とにかく何年かの後には『小天地』社の特有船が間断なく桑港《サンフランシスコ》と横浜の間を航海し、部数三十万位づゝ発行する様にやるべく候」とある。

この啄木の意気込みにもかかわらず、二号は十月になっても、十一月になっても出なかった。啄木の健康がすぐれないこともその理由の一つであったが、経済上の破綻《はたん》が大きな理由であった。ついに二号は世に出ず、「小天地」は

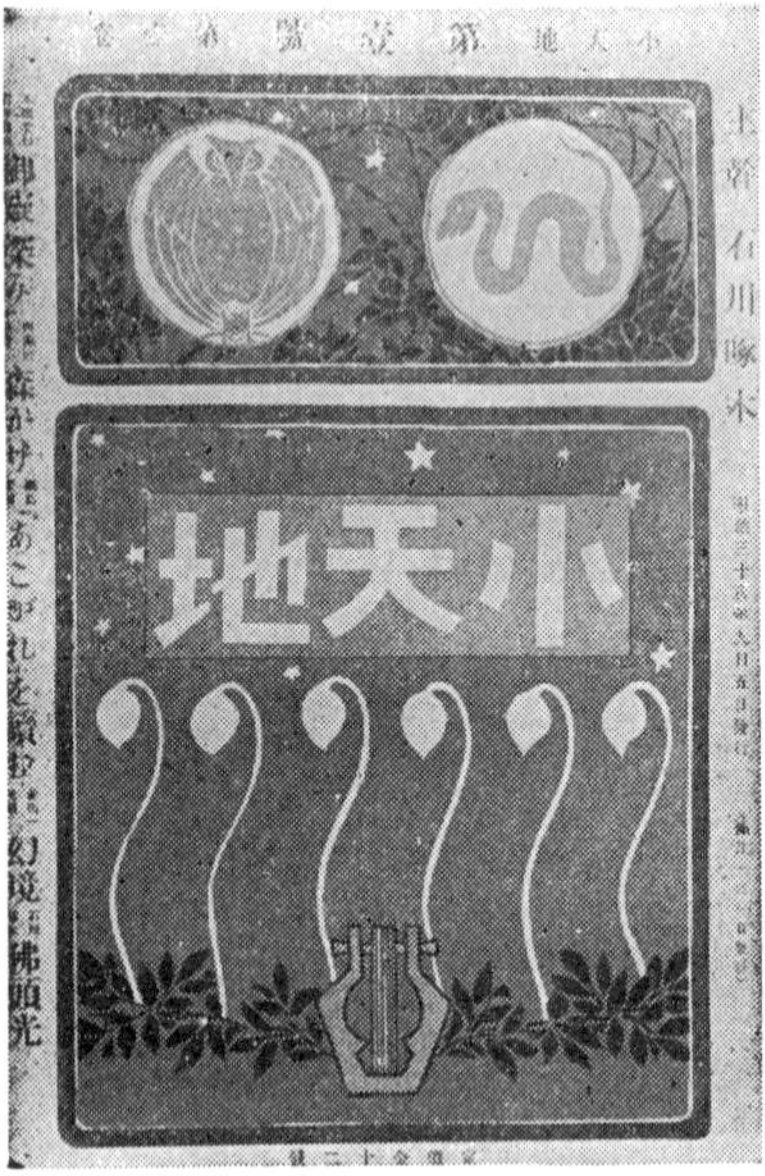

「小天地」表紙

一号雑誌に終わってしまった。

啄木の不確実な原稿料だけで、一家の生活は不安定だった。「小天地」を経営することによって経済的な安定を望んでいたが、それもまた失敗に終わった。啄木の盛岡での生活は全く行き詰まって、その生活を続けることはできなかった。それまで、盛岡での一年足らずのうちにした借金は二百八十三円の多額になっていた。かれの表面はなやかな生活は、全く借金で成り立っていたのである。

**代用教員**

啄木一家が盛岡中津川畔を引き払ったとき、父一禎は野辺地の義兄葛原対月のところにいた。妹光子は盛岡女学校の寄宿舎に移った。そして明治三十九年三月四日、啄木は母と妻を伴って故郷渋民村へはいった。

南から渋民の街《まち》並みにはいって十軒目、斎藤佐五郎宅の表座敷が啄木一家の新居であった。その表座敷は、畳も古く、障子の紙も土塗りのままの壁も黒くすすけた六畳間で、そこが一家三人の寝室・食堂・応接室、そして啄木の書斎を兼ねた。部屋《へや》には、農家特有のたき火の煙が目に毒なほどみなぎっている。

父が宝徳寺住職を罷免され、幼いときからそこで育ち、遊んだなつかしい寺を目前に見ながら、そまつな農家の表座敷に、それも六畳間に三人で住まなければならないことは、かつて神童といわれ、自尊心の人一倍強かった啄木にとってつらいことであった。そのような屈辱《くつじょく》にも似た苦しみをなめなければならないことを予想できながら啄木はなぜ渋民へ帰ったのだろうか。啄木はその理由として、「渋民は我が故郷――幾万方里のこの地球の上で最も関係深い故郷であるからだ」と渋民に帰った日の日記に書いている。

生活に疲れたときふるさとを思うのは人の常の情である。啄木の場合、それが病的と思われるほど強かった。はじめての上京が失敗に帰し東京で病を得たとき、二度目の上京が思うように行かなかったとき、かれはふるさとを思うせつない情を日記にしるし、手紙に書いて友に訴えた。そして今度盛岡での生活が経済的に行きづまって、どこかで代用教員でもやって一家の生計を立てようと考えたとき、かれはその地として渋民村を選んだ。父一禎の宝徳寺住職復帰の可能性もあったので、それを有利にはこぼうとする意味もあった。

啄木が渋民小学校の代用教員に採用されたのは、郡視学であった平野喜一の好意による。平野は啄木をその中学時代から知っていた。そして平野は啄木の岳父《がくふ》堀合忠操の親友でもあったので、啄木から一家の窮状を訴えられ、渋民小学校への就職を依頼されたとき、当時渋民小学校に欠員はなかったが、有資格者の準訓導を転出させ、資格のない啄木を代用教員として採用するよう決定したのであった。

平野視学

啄木の帰村と小学校への就職は、村の学務委員の畠山亨《とおる》など積極的に支持した人もいるが、一方には根強い反対もあった。父一禎が宝徳寺の住職をやめさせられたことについて、村内には賛否両論があった。そして今度啄木が飄然《ひょうぜん》と現われ、小学校に就職するという問題がでてきたので、かれの行動に対する猜疑《さいぎ》が再び村内に起こったのだった。

根強い反対があったにもかかわらず、平野郡視学の尽力《じんりょく》で啄木の渋民小学校への就職が決まった。正式な職名は、「渋民尋常高等小学校尋常科代用教員」であった。月給は八円、四月十三日に辞令を受け、十四日から尋常科第二学年の教壇に立った。

渋民小学校の職員構成は、校長の遠藤忠志、訓導の秋浜市郎、女教師上野さめ、それに代用教員の啄木の四人であった。女教師上野さめは、啄木夫妻の媒酌人をつとめた上野広一の伯母《おば》で、石川家とは以前から親しく交わっている人で、啄木は渋民に移って早々に彼女から三円借りている。『一握の砂』の中に、

わがために
なやめる魂《たま》をしづめよと
讃美歌うたふ人ありしかな

わが村に
初めてイエス・クリストの道を説きたる
若き女《おんな》かな

とうたわれているように、敬虔《けいけん》なクリスチャンであった。遠藤校長・秋浜訓導と意見が対立するとき、啄

木を支持してくれた。小説「雲は天才である」の中でも、上野さめをモデルにして、「若《も》し此《この》小天地の中に自分の話相手になる人を求むれば、それは実に女教師一人のみだ」とし、新教育を受け、思想が健全で、「大抵自分の云《い》ふ事が解《わか》る、理のある所には屹度《きっと》同情する」と書いている。啄木にとって四面楚歌《そか》の職員室で、上野さめの存在が、どれだけなぐさめになったかわからない。

啄木は、詩人であることを天職としながら、それで生活が保てない以上、教育の仕事に従おうとする意志を早くからもっていた。そしていま教壇に立った啄木は、そこに「一切《いっさい》の不平、憂思《ゆうし》、不快から超脱した一新境地」を発見して、きわめて幸福だといっている。そしてかれは、文部省の規定した教授細目なるものは「教育の仮面」にすぎないとして自己流の教授法を試みたり、高等科の生徒の希望者に放課後英語を教えたりしている。かれは、「余は日本一の代用教員である」「余は遂《つい》に詩人だ、そして詩人のみが真の教育者である」と自負していた。

## 小説への抱負

一年くらいでやめることを前提にはじめた教師の仕事であるが、日本一の代用教員をもって任じ、短い期間に「十分に人格的基礎を有する善美なる感化を故山の子弟が胸奥に刻」むことを目的に、かれは教育の仕事に没頭した。一方文学活動もさかんであった。作詩・作歌活動は雑事に追われてはかばかしく進まなかったけれども、借金に追われてふるさとにかくれた身ながら、三月三日渋民に移ってより、「読売新聞」「毎日新聞」「万朝報」「岩手日報」と四つの新聞を読み、国政を論じ、社会主義を論じるほどの余裕をもっていた。それは、なつかしい宝徳寺を目前にみながらはいれず、古びた農家の一室に一家が住まなければならないという屈辱に対する精神的な反抗でもあったろう。「帝国文学」「明星」などを読んでは、その長い感想を日記に書きつけている。

小学校が六月十日から二週間農繁期の休暇だったので、啄木はその休みを利用して上京、十日間新詩社に滞在して帰った。上京中、新刊の小説・詩歌集を読み、小説について、夏目漱石・島崎藤村だけは学殖《がくしょく》ある新作家だから注目に値するが、あとはみなだめだと日記に批評を書いている。そして、これから自分もいよいよ小説を書くのだ、という決心が帰郷の唯一《ゆいいつ》のおみやげだ、と小説への自信を吐露《とろ》している。

啄木の小説の処女作は、「雲は天才である」という、自分を主人公にした作品である。これは七月になるとすぐに書かれた。小説の筆をとると創作意欲が高まり、「雲は天才である」を中途でやめ、「面影《おもかげ》」という百四十枚ばかりのものを七月八日から十三日までの六日間に書きあげた。このころの心境が、日記に、「予《よ》は今非常に愉快である。すべてのものが皆小説の材料なやうに見える。そして予の心は完《まっ》たく極度まで張りつめて居る」と書かれている。「面影」は「新小説」に投稿したが、主筆不在のためすぐには何ともできない、といって返されたので、主筆の後藤宙外のところへ直接送ったが、原稿堆積《たいせき》のため当分だめということでやはり返されて来た。それで「早稲田文学」の小山内薫のところへ送って交渉したが、それも不首尾《しゅび》に終わった。

啄木の小説がはじめて発表されたのは、十一月十九日から二十二日にかけて書かれた「葬列《そうれつ》」と題する未完の作品である。明治三十九年十二月号の「明星」に発表された。「葬列」掲載の「明星」を手にした十二月三日の日記に、「予は、白状すると胸がドキドキし出したのであつた。これは初めて活字の厄介《やっかい》になった予の小説である」とかれは書いている。しかし文壇にはさしたる反響もなかった。

啄木はどうして小説を書く気になったのだろうか。大きな理由は、詩を書いても金にならないので、原稿料のたくさんはいる小説を書く、ということだった。「面影」を「明星」に送ればすぐ載せてもらえるのに、「新小説」や「早稲田文学」に交渉しているのは原稿料が目的だったのである。当時の啄木の収入は、月給八円、どんなにつつましくしても、それで一家の生活をささえるのはむりであった。盛岡時代の借金を返すなどということは思いもよらず、生活はいきおい借金でささえられた。渋民生活一年あまりの間の借金は百五十円に達している。米箱が空《から》なのはあたりまえのような状態だった。八円の月給は一か月も二か月も前借りした。盛岡からは借金の催促が一日に二通も来る日があった。わざわざ渋民までくるものもあって困らせた。委託金費消の嫌疑《けんぎ》で警察に呼ばれたこともあった。

そのような窮迫した状態で、啄木は詩を書きたくとも書けなかった。八月十九日の日記には、「何故《なぜ》に予は筆を執《と》らなかつた乎《か》。……米箱の底掻《か》く音に肝《きも》を冷やしたからだ」と「明星」へ詩を送れなかった理由を書いている。小説を書き、その原稿料でそのような状態からのがれようとしたが、啄木は、あくまでも金に縁がなかったのである。

## 思想的発展

満足に着るものもなく、明日の米にも事欠《か》くような生活の中で、啄木の思想は、空想的な浪漫主義からぬけ出す方向に向かっていた。明治三十九年三月十二日、啄木は日記に、「今日から綿入を脱いだ。みちのくの三月、雪が一尺もある国で、袷《あわせ》に襦袢《じゅばん》で平気なのは、自分と凶荒に苦しむ窮民のみであらう」と、自分と自分の境遇を凶荒に苦しむ窮民と比較して書いている。詩人を天職とし、天才をもって任じていた啄木も、結局は窮民の苦しみをおのれの苦しみに見なければならなかったのである。そして自分の内面にだけ向けられていたかれの目は、社会の矛盾に向けられるようになる。「平民と貧乏人は常に虐待される。日本はまだ憲法以外一切《いっさい》のものが皆封建時代である。予は奮慨《ふんがい》せざるをえなかつた」(日記)と階級的な問題に目を向け、日本社会の封建性を批判している。

しかし、その問題が、当時の社会的・政治的な状況と、どのような関係にあるか、かれは理解することができなかった。したがって解決の方法も方向も具体的にもつことはできなかった。「まだ〳〵田舎《いなか》に居て、大革命の計画を充分に準備する方が可《いい》のだ」といっても、それはあくまでも文学上の問題にとどまっていた。明治三十九年三月、社会党の発起で、東京市電値上げ反対の市民大会が行なわれ、市役所や市電の本社におしかけ、投石さわぎが起き、軍隊が鎮圧に出動するという事件があった。それを新聞で知った啄木は、「余は、社会主義者となるには、余りに個人の権威を重じて居る。さればといつて、専制的な利己主義者となるには余りに同情と涙に富んで居る」と日記に書いている。そして自分の思想的立場を、「所詮《しょせん》余は余一人の特別なる意味に於ける個人主義者である」と規定している。

「平民と貧乏人は常に虐待される」という日本の社会の封建的・資本主義的社会の矛盾に気づきながら、それを日本の社会体制の批判へまで進めることは、詩人を天職とする啄木にはいまだできなかった。が、もはや空想的な浪漫主義、天才主義的な傾向からぬけ出していることがわかる。日露戦争についても、「勝つた日本よりも、敗けた露西亜《ロシア》の方が豪《えら》い」と生徒に教えている。これは国民の犠牲のうえに、政府と大資本家のためにたたかわれた戦争の本質を見ぬいた日露戦争批判ではなかったが、開戦当時、単純に「真に骨鳴り、肉躍《おど》るの概あり」と日本軍の攻勢を喜んでいた啄木が、ばく然とではあっても批判的になっていることは注目される。

詩を書きたくとも米箱が空で、生活が不安で書けないというような、生活上の苦闘から、かれはやがて明治天皇制国家のゆがみと矛盾に目を向け、その解決の方法も、個人主義的な方向をすて、思想的にも発展して行くのである。

### 宝徳寺復帰問題

渋民での代用教員時代は、期待した小説の原稿料もはいらず、八円の月給と借金で一家五人の生活をささえなければならないという窮迫した状態が続いた。そのような中に一縷《る》の望みがあった。父一禎の宝徳寺復帰がなるかも知れない、ということである。それが実現すれば、すくなくとも家族を扶養しなければならない重荷からは解放される。自尊心の強いかれが、故郷で月給八円の代用教員になり、極貧の生活に甘んじているのは、父の復帰問題がからんでいたからであった。

石川一禎が宗費滞納のかどで、宝徳寺住職を罷免されたあと、中村義寛という代務住職が寺務を行なっていた。そして明治三十八年、檀家総代の名で、中村の住職跡目願書が、岩手県第一宗務所長に提出されたが、書類が不備だったため、曹洞宗宗務院への提出がおくれていた。そこへ石川一禎の懲戒赦免《ちょうかいしゃめん》が発令された。

啄木日記明治三十九年三月二十三日の項に、「川口村明円寺の岩崎徳明より、曹洞宗特赦令の写し、送り来る。早速《さっそく》野辺地へ送る」とあり、野辺地の葛原対月のところにいた一禎は、これで宝徳寺復帰が可能になったので、四月十日に渋民村に帰った。一禎が帰村するに及んで、檀家は、中村を推《お》す一派と、一禎を推す一派にわかれ対立抗争が生じた。この問題はさらに啄木の小学校への就職ともからみ、村内の有力者間の争いにまで発展し、啄木によれば「かくして我が一家を――つまり予を中心とした問題が、宗教、政治、教育の三方面に火の手をあげて渋民村を黒煙に包んでしまつた」（日記）のである。

三十九年の暮れは、啄木一家にとって、家計は相変わらず苦しかったけれども、明るい希望があった。十二月二十七日には父一禎の宝徳寺再住問題について吉報があった。「九ヵ月紛紜《ふんうん》を重ねたこの問題も、来る一月二十日頃には父の勝利を以《もっ》て終局になる。或《あるい》は母のいふ如く、先《ま》づこれをキッカケに、我が一家の運が開けてくるかも知れない」（日記）と啄木は喜んでいる。そして暮れもおし迫った二十九日には啄木に長女が出生した。親しい先輩である金田一京助の名から一字をもらい、京子と名づけられた。啄木は二十一歳であった。

長女の誕生と、父の宝徳寺復帰が確定的になるという明るい希望をもって、啄木は新しい年明治四十年を迎えた。この年を啄木は、生活とのたたかいからのがれて、文学活動に専心しようとしていた。一月七日、始業式の日の日記に、かれは「予の代用教員生活は恐らく数月にして終らむ」と書いている。三学期の授業が終わると同時に、かれは代用教員を辞するつもりだった。それには、父の宝徳寺復帰が決まり、一家の糊口をしのぐ重荷から解放されなければならない。その再住問題は有利に進み、曹洞宗宗務院の正式な決定を待つばかりであった。

ところが、大詰めにきて、啄木にとって思いもかけない事件が起こった。三月五日、一家の窮状をみかねて、一禎は、自分ひとりいなくなるだけでも助かるだろうと思い、家を出てしまったのである。これで、父の宝徳寺復帰の長い運動は水泡《すいほう》に帰した。その日の日記は、「此一日は、我家の記録の中で極《きわ》めて重大な一日であつた」としるされ、「此朝予の心地は、とても口にも筆にも尽せない。殆《ほと》んど一ケ年の間戦つた宝徳寺問題が、最後のきはに至つて致命の打撃を亨《う》けた。今の場合、モハヤ其望みの綱がスツカリきれて了《しま》つたのだ。それで自分が、全力を子弟の教化に尽して、村から得る処《ところ》は僅《わず》かに八円。一家は正に貧といふ悪魔の翼《つばさ》の下におしつけられて居るのだ」とほとんど絶望の調子で書きつけられている。

### 校長排斥のストライキ

宝徳寺復帰が水泡に帰したいま、啄木はもはや渋民にとどまっている意志はなかった。四月一日、かれは校長に辞表を提出した。が、岩本助役や学務委員の畠山に留められ、すぐに辞職は決定しなかった。その後のことを啄木は、日記に「ストライキノ記」としてメモ風にしるしている。

「七日、臨時村会。——十八日、最後の通告。——十九日、平田野の松原。——同午后《ごご》、職員室。——同夜、暗を縫ふ提灯《ちょうちん》——二十日、校長の転任、金矢氏の来校。——二十二日、免職の辞令。——二十三日告別」

啄木は遠藤校長とことごとく対立していたが、いま辞職を決意し、校長への不満が爆発し、ストライキに発展したのだった。四月十九日、啄木は高等科の生徒全部を集め、学校の南方二キロの平田野の松原へ行き、校長の非なる点をあげ、校長の辞職まで同盟休校することを約し、「山も怒れば万丈の、猛火を噴《ふ》いて天を衝《つ》き、ゆるけき水も激しては、千里の堤《つつみ》破るらむ」という即成のストライキ歌を一同に教え、その歌をうたいながら堂々と学校へ帰り、万歳を三唱して解散した。「ストライキノ記」に、「同夜、暗を縫ふ提灯」とあるのは、それを知った学校で、夜になってから人を部落部落の生徒の家につかわし、休校しないように、と父兄に伝えるための提灯であった。この遠藤校長排斥のストライキは、一応成功して、校長は二十日、土淵校へ転任になった。そして啄木も二十二日に免職になっている。

学校をやめた啄木は、東京へ出ることを考えていたらしいが、それだけの経済的な余裕がなく、北海道行きを決意し、その金策をはじめた。家にある金目のものを質に入れ、餞別《せんべつ》と、啄木に同情する岩本助役からの借金で、九円七十銭を旅費として得ることができた。父は野辺地にあった。母は渋民に近い武道の米田方に一部屋を借りて移ることになった。愛妻節子と生後五か月になったばかりの京子は盛岡の実家へ帰った。妹は小樽の姉の家に身を寄せることになり、函館にとどまる啄木といっしょにたつことになった。

五月四日、渋民にもおそい春が訪れ、北上川の岸辺の柳は目もさめるばかりの新緑にもえ、清き流れに春の影を投げていた。桜の花も美しくほころびかけている。啄木は、妹光子とともに、好摩駅から二時四十分発の下り列車に乗った。石川家は、かくて一家離散したのであった。以後、啄木は二度と故郷渋民を訪れることはなかった。

石をもて追はるるごとく
ふるさとを出《い》でしかなしみ
消ゆる時なし

# 流《る》浪《ろう》

浪淘沙《ろうとうさ》
ながくも声をふるはせて
うたふがごとき旅なりしかな

## 苜《ぼく》蓿《しゅく》社《しゃ》

北海道へ向かって故郷渋民をたつにあたって、啄木は「予は新運命を北海の岸に開拓せんとす。これ予《よ》が予《かね》てよりの願なり」と日記に書いている。当時北海道は新開の地であった。本州で食いつめた人たちが、捲土重来《けんどちょうらい》を期して津軽の海を渡った。啄木もそのような人たちのひとりだったのである。北海道に新しい活動の場を求め、あるいは関係のある文学者が明治以来何人かいる。国木田独歩・岩野泡鳴・有島武郎《たけお》らである。北海道には本州にない新しい可能性があった。

二十二歳の啄木は、すでに一家の糊口《ここう》をしのがなければならない人であった。詩人をもって自任する啄木にとって、それは耐えられない重荷であった。耐えられず、いまついに家族は離散しなければならなかった。そのかなしみを背負いながら、ほとんど家族を放りだしての放浪がはじまる。

啄木が北海道行きを決意したのは、函館にあった文学グループである苜蓿社との結びつきからであった。苜蓿社は並木武雄・松岡政之助・大島経男・向井永太郎らが文芸雑誌発行を目的に結成したグループで、明治四十年一月、「紅苜蓿《べにまごやし》」という雑誌を発行した。啄木は、松岡政之助から文芸誌発刊の通知を受けるとすぐ、「公孫樹」「かりがね」「雪の夜」三篇の詩稿を送った。それが創刊号をかざり、啄木と苜蓿社との結びつきができた。啄木は代用教員を辞して新方面に活動しようと思っていたが、上京するには経済的な事情もあって無理であり、姉夫婦が小樽にいて妹光子を引き取ることになり、ちょうど苜蓿社とも関係ができたので、活動の場を北海道に求めたのだった。

苜蓿社同人（啄木は手前左）

雑誌「紅苜蓿」は、大島経男が中心になって編集していたが、かれは靖和女学校に勤めていて忙しく、同人たちもそれぞれ仕事をもっていたので、その経営はたいへんだった。ちょうどそのような状態にあったとき、啄木から北海道に渡りたいとの連絡があったので、苜蓿社の同人は、だれも啄木と面識がなかったけれども、『あこがれ』の若き天才詩人を歓迎することになった。

明治四十年五月五日、函館に着いた啄木は、苜蓿社の事務所になっていた青柳町の松岡政之助の下宿に同居し、それまで大島経男が中心になっていた「紅苜蓿」を編集することになった。しかし、生活費をそれにたよることはできず、五月十一日から、同人のひとり沢田信太郎の紹介で、函館商業会議所に勤めた。日給六十銭である。が、それは二十日ばかりでやめ、六月十一日から弥生《やよい》尋常小学校の代用教員になった。

**橘《たちばな》智恵子**　弥生小学校に勤めることになったのは、友人吉野白村の尽力による。この学校には、七人の男子教員と八人の女教師がいた。その八人の女教師の中には、「真直に立てる鹿ノ子百合《ゆり》なるべし」と評し、

世の中の明るさのみを吸ふごとき
黒き瞳《ひとみ》の
今も目にあり

山の子の
山を思ふがごとくにも
かなしき時は君を思へり

時として
君を思へば
安かりし心にはかに騒ぐかなしさ

と『一握の砂』の中にうたい、ひそかに思慕を寄せた橘智恵子がいた。『一握の砂』の中には、彼女をうたった恋の歌が二十二首収められていて、啄木が苦しいとき、彼女を思っては心のなぐさめにしていたことがわかる。

思い出の女性橘智恵子

橘智恵子に対する慕情は、別れてから強くなっていったらしく、弥生小学校に在職中は、「真直に立てる鹿ノ子百合」のような彼女に関心をもっていたけれども、それは恋という感情とは別だった。九月十二日、別れにのぞんで、啄木は智恵子を尋ね、二時間ばかり話し、『あこがれ』を贈っている。

弥生小学校への勤務は、渋民小学校のときのようにおもしろくなかったらしく、小学校に職を得て一か月と少ししかたたない七月中旬には、「予は健康の不良と或《ある》不平とのために学校を休めり」と、日記にみえる。そして夏休みにはいり、退職の手続きをしないまま、八月十八日に函館日日新聞社に就職している。「予は直《ただ》ちに月曜文壇を起《おこ》し日々歌壇を起せり、編輯《へんしゅう》局に於《お》ける予の地位は遊軍なりき、汚なき室も初めての経験なれば物珍《めず》らしくて面白《おもしろ》かりき、第一回の月曜文壇は入社の日編輯したり、予は辻講釈なる題を設けて評論を初めたり」と日記にはじめての新聞記者生活とその活躍をしるしている。

## 大火に追わる

別れ別れになっている家族も、七月七日に節子が京子を連れて函館に着き、青柳町十八番地に家を借りていっしょになった。八月になってから野辺地にいた母を迎え、さらに小樽にいた妹光子も来て、一家五人の生活がはじまった。離散していた家族も、こうして集まり、石川家の新しい生活が、この函館に根をおろしてはじまるかにみえた。

しかし、家族を迎え、函館日日新聞社に職を得てほっとするまもなく、八月二十五日夜十時半、東川町に発した火は、六時間にわたって燃え続け、函館全市の三分の二が焼けてしまうという大事件が出来《しゅったい》したのであった。

啄木は幸い類焼をまぬがれたが、この大火で市の機能は失われた。ようやく職を得た新聞社も焼けてしまった。「紅苜蓿」第八号の原稿も灰燼《かいじん》に帰し、続刊の見込みはたたなかった。函館毎日新聞に掲載を依頼していた、渋民で書いた小説「面影《おもかげ》」も烏有《うゆう》に帰した。

弥生小学校も焼けたが、啄木は夏休みが終わってから辞表を出そうと思っていたので、それが幸いし、まだ代用教員の給料がもらえることになった。かれは、大火を知りかけつけてきた向井永太郎に履歴書を託して札幌へ移る準備を進めながら、焼けた小学校の後始末《あとしまつ》を手伝った。

苜蓿社の同人は漸次札幌に移り、そこで再起をはかろう、ということになった。啄木は、向井の尽力で札幌の北門新報の校正係に就職することになった。九月十三日、かれは家族を小樽の姉のもとに送り、単身函館をたち、札幌に向かった。その前日の日記に、「この函館に来て百二十有余日、知る人一人もなかりし我は、新しき友を多く得ぬ。我友は予と殆《ほと》んど骨肉の如く、又或《またある》友は予を恋ひせんとす。而《しか》して今予はこの紀念多き函館の地を去らむとするなり。別離といふ云ひ難《がた》き哀感は予が胸の底に泉の如く湧《わ》き、今迄《まで》さほど心とめざりし事物は俄《にわ》かに新しき色彩を帯びて予を留めむとす」と書いている。

わずか四か月の滞在だったけれども、函館は啄木の心に深く刻みこまれた。啄木の下宿は文学を愛好する青年たちのたまり場になり、文学を語り、恋を語り合った。大森浜に友と散策したこともたのしい思い出だった。

あとで啄木と義兄弟になった郁雨《いくう》宮崎大四郎を知ったのもこの函館だった。そして晩年の啄木の生活は、金田一京助とこの宮崎大四郎とによってささえられたのである。歌集『一握の砂』はこのふたりに献じられ、「予はすでに予のすべてを両君の前に示しつくしたものの如し。従つて両君はここに歌はれたる歌の一一につきて最も多く知る人なるを信ずればなり」という献辞のあることは、ひろく知られている。郁雨については、『一握の砂』中に、次のようにうたわれている。

大川の水の面《おもて》を見るごとに
郁雨よ
君のなやみを思ふ

智慧《ちえ》とその深き慈悲とを
もちあぐみ
為《な》すこともなく友は遊べり

苜蓿社の人々との交友、そして橘智恵子と、数々の思い出を残し、函館は渋民とともに、啄木文学のふるさとになった。いま立待岬《みさき》にはりっぱな啄木と石川家の墓があり、函館図書館には啄木文庫が設けられている。

## 札幌

九月十四日札幌にはいった啄木は、向井永太郎の下宿に同居することになった。翌十五日の日記に、「札幌は大なる田舎《いなか》なり、木立の都なり、秋風の郷なり、しめやかなる恋の多くありさうなる都なり、路幅広く人少なく、木は茂りて蔭をなし人は皆ゆるやかに歩めり。アカシヤの街樾《がいえつ》を騒がせ、ポプラの葉を裏返して吹く風の冷たさ、朝顔洗ふ水は身に泌《し》みて寒く口に啣《ふく》めば甘味なし、札幌は秋意漸《よう》く《や》深きなり」と札幌の印象をしるし、「札幌は詩人の住むべき地なり、なつかしき地なり静かなる地なり」と書いている。

ときあたかも秋、大火に追われ札幌にはいった啄木は、一家再び離散し、しめやかな街で、漂泊のかなしみに胸ふさがれる思いだった。屈辱をなめて出てきた渋民が、そして多くの友を得た函館がむしょうに恋しかった。

啄木は、ひとりさびしい街で、自分の来し方をふりかえって感傷的にならざるを得なかった。自分の天職は文学ではなかったか。いま、何を悩み、何を迷うか。詩を書くことを忘れて、自分の生存の意義はない。しかしどうだ、いま自分の職業は新聞社の校正係、月給十五円である。最大の問題はいかにして生活を安定させるか、ということである。長い間、生活のために心を使い、いためてきた。こんなことで、いいのだろうか。

富を求めるのではない。貧しくとも一家が集《つど》い、楽しい家庭がほしい。そして自分は米がなくて馬鈴薯《ばれいしょ》を食べていてもいい、心を文学のことに遊ばせたい、ただ全力をあげて筆をとりたい。が、目前の窮迫した生活から離れることはできなかった。ふろに行きたくともその金がなく、手紙を書いても切手代がない、というありさまだった。かれは、「どうすればよいのか天下無茶苦茶なり」と友に書いた。

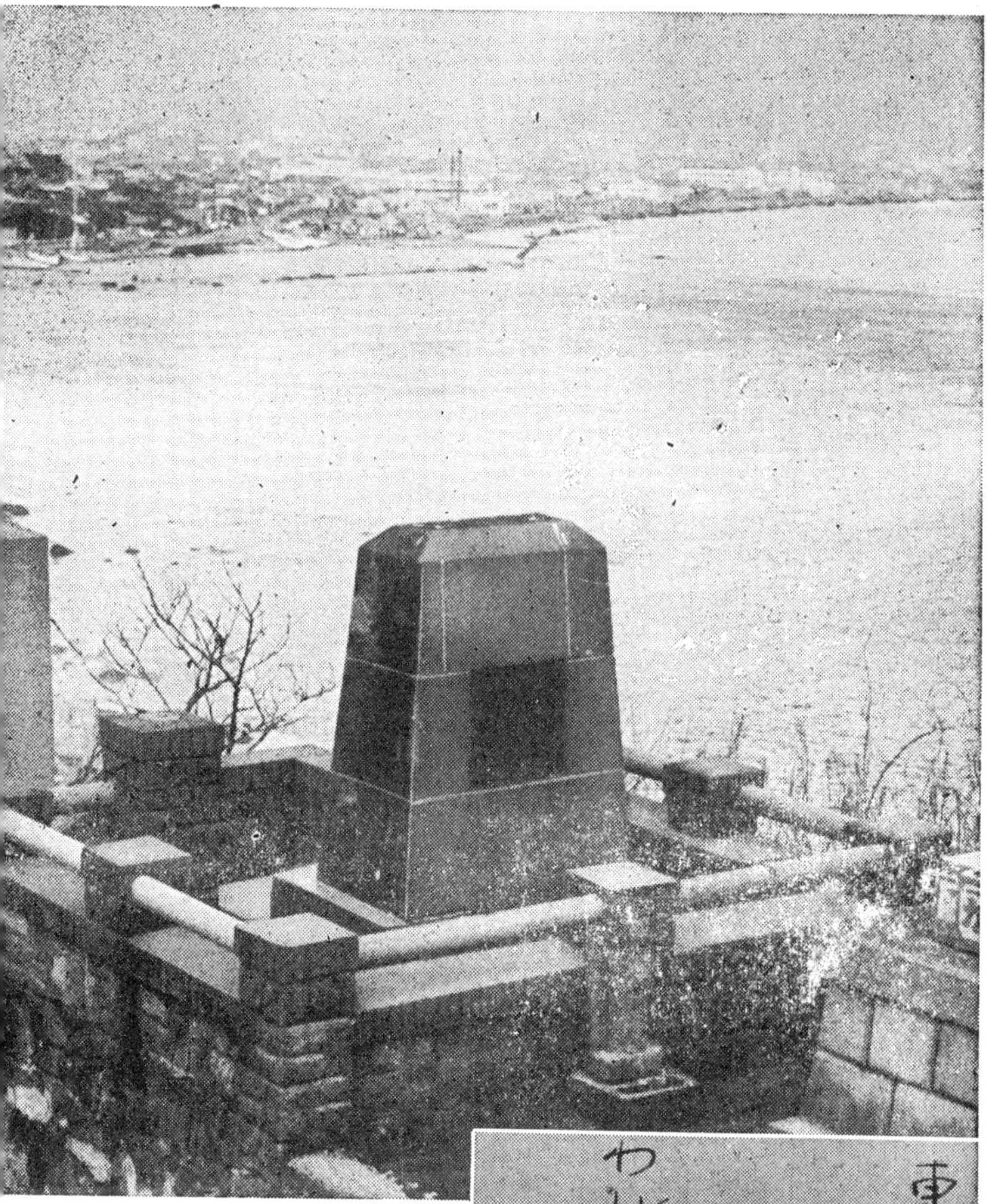

啄木一族の墓より
大森浜を望む

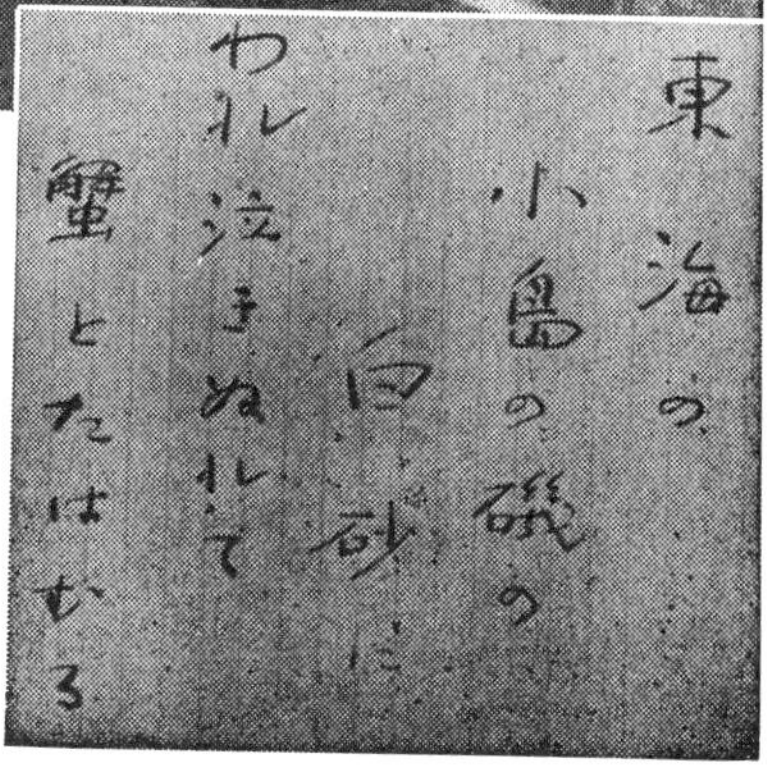
東海の
小島の磯の
白砂に
われ泣きぬれて
蟹とたはむる

北門新報における啄木の仕事は校正係であったが、「北門歌壇」を設けたり、札幌の印象を書いた「秋風記」や、綱島梁川の死を悼《いた》む「梁川氏を弔《とむ》らふ」文を載せたりする活躍ぶりだった。

しかし、九月十六日から出社した啄木は、一週間もたたない九月二十日には、かれを向井永太郎の頼みで北門新報に紹介した小国善平から、小樽に新しく創刊される小樽日報社へ移らないか、という密談を受けている。そして九月二十三日にそのことが確定した。同じ社にいた野口雨情もいっしょに移ることになった。

小樽日報へ移ることについて友に手紙を書き、「所詮《しょせん》は○の高低によるべく、又新らしき新聞は万事に面《おも》白《しろ》かるべく候へば」といっているので、月給が十五円から二十円になること、新しい新聞で自由に働ける、ということが魅力だったらしい。それに小樽には姉夫婦がいるということもあった。

啄木は、九月二十七日、わずか二週間で札幌を去った。あとでかれは、「半生を放浪の間に送つて来た私には、折にふれてしみじみと思出される土地《ところ》の多い中に、札幌の二週間ほど、慌《あわただ》しい様な懐《なつか》しい記憶を私の心に残した土地は無い」と、小説「札幌」のはじめに書き、札幌をなつかしんでいる。

### 小樽

小樽に着いた啄木は、花園町の西沢善太郎方の二階の六畳と四畳半の二間を借り、母と妻子を迎えて一家をかまえた。

小樽日報社では、野口雨情と共に三面を受け持つことになった。そして「小樽日報」は十月一日に創刊された。創業時代で何かと忙しく、啄木は朝の九時から夜おそくまで、材料がはいってくるにしたがって、三百行以上も記事を書くことがしばしばだった。電報が来ないときは、電報を偽造《ぎぞう》して記事をつくることもあった。かれの活動は、三面のみにとどまらず、文芸欄その他にも及び、社長白石義郎の信用も厚かった。

創刊当時の啄木の活躍はめざましいものがあったが、一方では、上役に対する不満から、野口雨情とともに主筆岩泉江東の排斥を企てている。

野口雨情とはじめて会ったのは、九月二十三日、小国善平の下宿で、小樽日報へ移ることが確定した日であるが、その第一印象を、「温厚にして丁寧《ていねい》、色青くして髯《ひげ》黒く、見るから内気《うちき》なる人なり」と日記に書いている。小樽へ移り、ふたりは新聞の三面をともに受け持つことになったが、はじめて会って十日位にして、「野口君と予との交情は既に十年の友の如し」と日記に書くほど意気投合した。

雨情は、小樽に移る前から岩泉江東に対して不満をもっていたが、仕事をはじめるとその不満が昂《こう》じ、啄木とふたりで、「遂に予等は局長（岩泉）に服する能《あた》はざる事を決議せり。予等は早晩彼を追ひて以《もっ》て社を共和政治の下に置かむ」（啄木日記）というような不穏な企てに進んでいった。その企ての途中に、啄木は雨情を、「予等を甘言を以て抱き込み、秘《ひそ》かに予等と主筆とを離間し、己《おの》れこの中間に立ちて以て予らを売り、己れ一人うまき餌《えさ》を貪《むさぼ》らむとしたる形跡歴然たるに至りぬ」と誤解してにくんだこともあったが、結局雨情が裏切ったのではなく、主筆のはかりごとであったことを知る。それを知ったのは、野口雨情を退社させ、その代わりに啄木の月給を二十五円にするということを岩泉主筆から知らされたときであった。啄木はそんな主筆の権謀《けんぼう》をにくみ、白石社長を説いて、岩泉を退社させ、代わりに函館以来の知人である沢田信太郎を主筆に迎えることに成功した。

こうして小樽日報は啄木の思うように進んだのであったが、社長に対する不満や、札幌に対するあこがれから、新しい新聞が札幌にできることを知った啄木は、無断で社を休み、その就職運動のため札幌へ行くようになった。そして札幌の新しい新聞の三面主任にほぼ決まったところ、前から啄木の行動に不信をもっていた小林事務長とけんかをし、なぐられて、あんな畜生《ちくしょう》同然のやつと同社できるものか、と敢然と小樽日報社をやめてしまった。十二月二十日のことである。

小樽日報社での啄木の月給は、十一月から二十五円になっていたが、生活は苦しく、「離散した一家を纒《まと》めたり、借金の敷金を入れたりして、社に対しては前借又前借で、月給日の袋には現金のあることもあり、ないこともあると云《い》つた風に、依然たる貧生活に悩まされてゐた」と隣の部屋に住んでいた沢田信太郎はいっている。年の瀬も迫った。あてにしていた札幌の新聞も容易に話が進まず、収入のあての全くないままに大晦日《おおみそか》を迎えねばならなかった。友人に借金を申し込んでも思うようにならず、借金取りの押し寄せる中で、啄木は英語の復習をはじめて気をまぎらわしていた。残っているわずかの衣類を質において三円ばかりを得、少しずつ掛取りに払い、十一時すぎにやっと債鬼からのがれることができた。

啄木は、生活苦に追われ追われて小樽まで流れてきて、そのうえ失業したまま明治四十一年の正月を迎えた。屠蘇《とそ》一合買う余裕もない。正月らしくない正月であった。かれは、小説の筆をとってみたり、長い日記を書いて新詩社を批判し、社会組織をののしって、ますます窮迫していく生活苦をまぎらわそうとした。新詩社の功績は、かくいう石川啄木を生んだことだ、と偉《えら》ぶり、新年号の雑誌を読んでは、「左程《さほど》の作もないのに安心した自分は、何だか怙《こ》う一日でもジッとして居られない様な」あせりを感じ、しきりに東京へ行きたいと考える。それらは、「世の中と家庭の窮状と老母の顔の皺《しわ》とが、自分に死ねと云ふ」ほど追いつめられたところでの空想であった。

啄木一家の窮状を見かねた沢田信太郎は、白石社長に啄木の釧路新聞への就職を依頼した。この話は、提出した啄木の釧路新聞経営に関する意見書が実行できないようなものであったので、一時暗礁《あんしよう》にのりあげていたが、沢田信太郎の熱心な依頼と、啄木の才を惜しむ白石の好意でかれの釧路行きがきまった。

## 釧　路

一月十九日、啄木は妻子・母を小樽にのこして、白石社長とともに釧路へ出発した。到着したのは二十一日の午後九時三十分だった。このときの心細さを、後年かれは次のようにうたっている。

さいはての駅に下り立ち
雪あかり
さびしき町にあゆみ入りにき

釧路での啄木は、月給三十円で比較的生活にもめぐまれ、新聞社では「本を手にした事は一度もない」というほどの働きであった。事実上の編集長であった。かれは紙面を大はばに変え、みずから縦横に才筆をふるった。文芸欄では「釧路詞壇」を設け、また「雲間寸観」と題して、政治評論まで書いた。

また花柳界の記事を書くために、料亭に出入りすることも多く、小奴《こやっこ》という美しい文学好きの芸者となじみになり、また病院の看護婦梅川ミサホや、お寺の娘小菅まさえなどにとりかこまれ、自由で明るい生活があった。

しかし、かれは到底新聞記者であることに甘んずることのできる人ではなかった。文学を天職とする考えは頭から離れることがなかった。新聞記者として本を手にすることもなく、雑誌を読む暇もないほど働いていても、文学のことが頭を離れなかった。家族と別れての漂泊のかなしみもあった。かれは苦い酒を飲み、かなしい境遇をまぎらわした。

そのうえ釧路新聞社内でのおもしろくない事件もあった。かれは、「石川啄木の性格と釧路、特に釧路新聞とは一致する事が出来《でき》ぬ。上に立つ者が下の者、年若い者を嫉《ねた》むとは何事だ。詰らぬ、詰らぬ」と不満を日記に書きつけている。病気と称して社を休む日が多くなった。これが不平病として白石社長に報告されたので、白石は啄木にあてて、「ビョウキナヲセヌカヘ、シライシ」という電報をうった。釧路を去る日の近いことを思っていた啄木は、この電報に接したとき、ただちに釧路を去る決心をした。三月二十八日のことだった。その日の日記に「さらば」と題して釧路への訣別《けつべつ》の辞を書きつけた。

宮崎郁雨夫妻

かれは、新聞社へは正式に退職を通告せず、函館へ行ってくる、という口実で、四月五日に海路釧路をたった。啄木の目的は、函館で半年くらい働いて家族の生活費と旅費をつくり、東京へ行くことであった。

函館に着いた啄木は、宮崎郁雨と会い、自分の計画を話した。郁雨は東京へ行くのなら早いほうがいいだろう、ということで、旅費と家族の生活を引き受けることを申し出た。啄木はさっそく小樽へ行き、母と妻子を函館に迎え、「二三ヵ月の間、自分は独身のつもりで都門に創作の基礎を築かう」という決意で、四月二十四日、背水の陣をしいて海路上京の途についた。

## 文学的運命をかけての上京

啄木の北海道流浪は、一年足らずの短い期間であったが、宮崎郁雨はじめ、苜蓿社の人人との親しい友情を得たこと、文学と思想のうえで大きな進歩のあったことで重要な時期であった。渋民の代用教員時代、自分は社会主義者になるにはあまりに個人の権威を重んじている、といい、自分ひとりの意味における個人主義者だ、とみずからの思想を規定していた啄木は、小樽で苦しい正月を迎え、その四日、社会主義演説会へ行き、講師の西川光二郎に会い、「社会主義は自分の思想の一部分だ」

といいきっている。これは、ただ自分の窮状から出た反抗ではなく、社会組織の本質にふれて出てきた思想であることは、「此《この》驚くべき不条理は何処から来るか。云ふ迄もない社会組織の悪いからだ。悪社会は怎《どう》すればよいか。外《ほか》に仕方がない。破壊して了《しま》はなければならぬ」（日記）と書いていることからも理解できる。

思想的な進歩は、当然かれの文学に対する考え方も変えないではおかなかった。個人主義的な浪漫主義の立場から、自然主義文学に反対する「明星」派の文学を無力なものとして批判するに至ったのは北海道流浪中のことであった。明治四十一年一月三十日、金田一京助にあてて、「今日以後の日本は、明星がモハヤ時勢に先んずる事が出来なくなつたと思ふが如何、自然主義反対なんか駄目《だめ》々々」と書いたとき、啄木は、そこではなばなしく文学的出発をした舞台である「明星」から思想的に全く離れてしまった、とみることができる。それ以後の啄木は、新詩社＝「明星」を単なる便宜《べんぎ》的な手段としてしか考えていなかった。

当時中央文壇は、自然主義文学が全文壇をまき込む勢いであった。北海道で、啄木はそのすばらしい成功をわき目でにらみながら、一応批判的な立場にたちながらも、その歴史的な意味を客観的にみ、同情を示していた。

啄木はそのような思想的・文学的立場にあって、「自分の文学的運命を極度まで試験」しようとする覚悟で上京するのであった。

啄木一家の死活問題をかけての上京であった。明治四十一年四月二十八日、横浜港に着いた啄木は、午後、三年ぶりで東都の地をふみ、雨の中、俥《くるま》を走らせ新詩社に急いだ。

## 衰運の新詩社

文学的成功を目ざすかれが、いま東京でたよれるのは新詩社だけであった。

新詩社は、三年前と少しも変わらなかった。変わったのは、与謝野夫妻に二歳になる八尾・七瀬という双《ふた》児《ご》が増えたことと、電燈がついたことだった。

しかし、新詩社はもはや三年前のはなやかさがなかった。明治三十九年三月、島崎藤村の『破戒《はかい》』が発表され、四十年九月に田山花袋《かたい》の「蒲団《ふとん》」が発表されるに及んで、自然主義文学は燎原《りょうげん》の火のごとく、自然主義にあらざれば文学にあらずというような隆盛の時期が現出していた。青年たちはこぞって新しい自然主義の文学に目をうばわれ、浪漫主義を標榜《ひょうぼう》する「明星」の人気は衰えるばかりだった。

与謝野寛はこの劣勢に苦慮した。そして、ばん回策の一つとして発表されたのが「明星」大刷新だった。明治四十年十二月号に、その計画が載った。それは、「無益なる自然主義の論議に日を消する諸君、そこにも、彼処にも。又見よ、性慾《よく》の挑発と、安価なる涙とを以て流俗に媚《こ》ぶる、謂《いわ》ゆる自然派の悪文小説は市に満つ」というような反自然主義宣言だった。これは、自然主義文学の起こるべくして起こった社会的・歴史的基盤を全く認識せず、ただ浪漫主義の牙城《がじょう》にせめよせる自然主義に対して狼狽《ろうばい》している与謝野寛の姿を暴露しているにすぎないものであった。北海道流浪中にこの反自然主義宣言を読んだ啄木は、「与謝野氏自身の詩は、何等か外来の刺撃《しげき》が無ければ進歩しない。それは詰り氏自身の思想が貧しいからである。此人によつて統卒せられる新詩社の一人が、自然派に反抗したとて其が何になる。自分は現在の所謂《いわゆる》自然派の作物を以て文芸の理想とするものではない。然《しか》し乍《なが》ら自然派と云はるる傾向は決して徒爾《とじ》に生れ来たものではないのだ」と、自然主義の歴史的な意味にも目を向けながら与謝野寛を批判している。

与謝野寛のいう「明星」大刷新がまた、反自然主義の立場にたつ森鷗外や上田敏など、新詩社以外の大物の作品を載せるという方向で行なわれたため、新詩社内部からの反発を招いた。明治四十一年一月、新詩社で育ち、いまやその中堅であった北原白秋・吉井勇・長田秀雄・木下杢太郎らが袂《たもと》を連ねて脱退するという事件が起こっている。この事件は与謝野寛に大きなショックを与えた。北原白秋らの脱退で、「明星」はさらに売れなくなり、経済的にもいよいよ苦しくなっていった。

啄木が上京したのは、新詩社がそのような状態におかれたときだった。与謝野寛は、もはや往年の覇気《はき》なく、生活に疲れている様子だった。「明星」は月に三十円以上もの赤字をだし、晶子の選んだ歌集を出版してその不足をうめていることや、その年の十月に「明星」が百号になるので、それを期して廃刊にすることなどを聞かされたのは、かれが上京してまもなくだった。かれは、五月二日、晶子から与謝野家と新詩社の内情を聞かされた日の日記に、「予は、殆《ほと》んど答ふる事を知らなかつた。噫《ああ》、明星は其昔寛氏が社会に向つて自己を発表し、且《か》つ社会と戦ふ唯一《ゆいいつ》の城壁であつた。然《しか》して今は、明星の編輯は与謝野氏にとつて重荷である、苦痛を与へて居る。新詩社並びに与謝野家は、唯《ただ》晶子女史の筆一本で支《ささ》へられて居る。そして明星は今晶子女史のもので、寛氏は唯余儀なく其編輯長に雇はれて居るやうなものだ！」と与謝野寛への同情を書きつけている。

与謝野寛及び「明星」は、すでに過去のものになりつつあった。啄木は、はじめての上京のころを思い、自分がはなばなしく詩壇に登場した「明星」を思って悲しかった。

ひとまず新詩社に旅装を解いた啄木は、五月二日、晶子から与謝野家の内幕を聞かされた日の午後、寛につれられて森鷗外宅で開かれた観潮楼歌会に出席した。この歌会は、明星派と根岸派の接近をはかるため、森鷗外が自宅に、与謝野寛・伊藤左千夫・佐佐木信綱らを迎えて、明治四十年三月にはじめられた。毎月一回行なわれ、しだいに出席者もふえ、平野万里・北原白秋・吉井勇・古泉千樫・斎藤茂吉らも出席するようになった。

## 鷗外との初対面

その日、啄木は森鷗外とは初対面だったが、その印象を、「色の黒い、立派《りっぱ》な躰格《たいかく》の、髯《ひげ》の美しい、誰が見ても軍医総監とうなづかれる人であつた」と日記に書いている。その他の出席者についても、「信綱は温厚な風采《ふうさい》、女弟子《でし》が千人近くもあるのも無理が無いと思ふ。左千夫は所謂《いわゆる》根岸派の歌人で、近頃一種の野趣ある小説をかき出したが、風采はマルデ田舎の村長様みたいで、随分《ずいぶん》ソソツカしい男だ」と評している。

この歌会で、啄木は与謝野寛とともに十二点をとり、鷗外・万里につぐ成績に気をよくしている。が、最も啄木をよろこばせたのは、帰りがけに、「石川君の詩を最も愛読した事があつたもんだ」と鷗外からいわれたことだった。

歌会への出席、「明星」の校正手伝い、さらに生田長江を尋ねたり、苜蓿社時代の友人並木武雄を尋ねたりして上京後忙しい生活を送っていた啄木は、五月四日、千駄ヶ谷の与謝野家を辞して、本郷菊坂町の赤心館に移った。前年東京帝国大学を卒業し、海城中学に勤める先輩金田一京助の下宿である。

金田一京助は、啄木が尋ねてきたときの様子を、「ちょっと其処《そこ》から散歩にでも寄ったような無造作《むぞうさ》な姿――茶の瓦斯縞《がすじま》の綿入に、紡績飛白の羽織へちょこなんと茶の小さな紐《ひも》を結んで、日和下駄《ひよりげた》の半分歯の欠けたのを突っ掛けて、手荷物というのは、五、六冊の本の包（実はそれは日記と、自分の書いた新聞の切抜だった）を、弁当箱でも持ったように手に持っているだけだった」（『石川啄木』）と回想している。また、啄木が金田一の下宿に落着いたいきさつを、「云うのには、『荷物もなし、この通りだから、下宿も不安心がって、どこへ行っても、置いてくれないかも知れないから、当分、この隅へでも置いて下さい』というから、『えゝえゝ、この通り八畳間で、二人休むにゆっくりしているし、夜具も、もう暖くなって、この頃は、敷蒲団《ぶとん》も、掛蒲団もちょうど余ってるから、何も気遣《きづか》いなく、何時までもいらっしゃい』という。こうして、二年にわたる二人の『同宿時代』が始まったのである」と書いている。

こうして金田一京助の好意で下宿のきまった啄木は、さっそく創作活動にはいった。啄木の目的は、小説を書いて、まず生活の安定を得ることであった。かれは長編小説を書きたいと思うが、その余裕がない。長編を書いているうちに飢《う》えてしまうだろうと思われるほど、経済的に追いつめられていたからである。赤心

啄木(右)と生涯の友金田一京助

館に移ったばかりの啄木は、人を尋ねたくとも電車賃がなく、本を売って電車賃をつくるというありさまだった。

## 創作生活

創作意欲はみなぎっていた。都会の物音を聞いていると、力にみちた、若き日の呼吸が刻一刻とよみがえってくるように思われた。そしてかれは、「夏目の虞《ぐ》美人草なら一ヵ月で書ける」という自信をもっていた。

五月六日に、「北海の三都」という雑録体のものを書きはじめ、「菊地君」「病院の窓」など、一か月のうちに五つの作品、三百枚近くを書いた。流行の自然主義的な小説であった。

上京後最初の小説「菊地君」は釧路時代の知人菊地武治を主人公とした自伝的な作品で、五月八日に書きはじめられたが、十日ばかり書いているうちに予定よりかなり長くなるので途中でやめ、五月十八日からは「病院の窓」という、これも釧路時代を中心にした小説を書きだした。「菊地君」を途中でやめたのは、とにかく早く原稿料を得たいからで、雑誌へ発表するのに長いと不利だということで、改めて「病院の窓」を書きはじめたのである。

「病院の窓」は相当に自信のある作だったらしく、まだ完成しないうちに、「今『病院の窓』といふ六七十枚のものを書いてる。思切つて深刻な筆をつかつているが、多分七月の中央公論に出るだらう」と友に書き送っている。金田一京助が「中央公論」へ紹介してくれる、ということだったのである。この作品は九十一枚になって、五月二十六日に脱稿した。

函館から京子が病気だといってきているし、自分の生活もどうにかしなければならなかったので、早く原稿料がほしかった。金田一京助は、すぐに「中央公論」の編集者滝田樗蔭《ちょいん》のところへ持っていってくれた。樗蔭が留守《るす》でははっきりした返事は得られなかったが、その夜、金田一は、西洋苺《いちご》と夏蜜柑《みかん》、ビールで脱稿の祝賀会をひらいてくれた。啄木は、あたたかい友の情に感謝した。

五月三十日には、十一時ごろから「母」という三十一枚の作品を書きはじめ、午後十時までかかって書きあげた。これも「中央公論」へ掲載を交渉した。金田一が、毎日のように中央公論社を尋ねてくれた。しかし、六月三日になって、「病院の窓」も「母」も返されてきた。結局あてにしていた原稿料もはいらず、下宿代は払えないし、何か書こうと思っても紙がなく、インクも残り少なかった。

かれは、六月四日の夕がた、「病院の窓」と五月三十一日からその日にかけて書きあげた「天鵞絨《びろうど》」を持って森鷗外を尋ねたが、鷗外は留守だった。帰ってすぐに鷗外に手紙を書き、京子の病気のこと、自分の窮状を訴えながら、原稿の売り込みを依頼した。鷗外はこの依頼を受けて、「病院の窓」を春陽堂の「新小説」

に世話することにし、「天鵞絨」のほうは、いちいち誤りや訛《なまり》を正して啄木に返した。啄木はそれで、六月十二日に春陽堂を訪れて原稿料の相談をするが、編集者の後藤宙外が留守で要領を得ず、手紙で窮状を訴え、原稿料の催促をしている。しかし春陽堂では、掲載のうえに支払うということで、その掲載もいつになるかわからないということであった。また生田長江に頼んで「母」を金にかえようとしたが埒《らち》があかず、自分でも「二筋の血」を持って長谷川天渓を尋ねて「太陽」への掲載を依頼するが、成功しなかった。

## 死の誘惑

六月十二日、金田一京助は、見るにみかねて、冬服を質において十二円貸してくれた。啄木はそれでようやく自分の下宿代を払うことができた。

小説が売れればどうにかなると思っていた啄木の考えは安易だった。かれは、いまそれを悟らなければならなかった。六月十七日に自殺した川上眉山のことを人ごととは思えなかった。六月二十七日、長谷川天渓に依頼していた原稿がだめだという手紙を受け取った日の日記に、かれは、「噫《ああ》、死なうか、田舎にかくれようか、はたまたモット苦闘をつづけようか？　この夜の思ひはこれであつた。何日《いつ》になつたら自分は、心安く其日一日を送ることができるであらう。安き一日!?」としるし、「死んだ独歩氏は幸福である。自ら殺した眉山氏も、死せむとして死しえざる者よりは幸福である」と書いている。

かれは、こうして真剣に死ぬことを考えるようになった。本当に死んでしまいたいと思った。走ってくる電車に発作《ほっさ》的に飛び込もうとして、自分の歌を書いた扇《おうぎ》を持っているので、それから身元がわかると気づいて思いとどまったことがあった。わずかに残っていた自尊心が、かれを死から救った。

自信をもって書いた小説は、懸命な売り込みにもかかわらず、全く売れず、生活も行き詰まり、文字どおり死活の問題に直面していたとき、ある日突然、しばらく忘れていた歌興をおぼえ、夜を徹して百二十首余りの短歌をつくった。六月二十三日から二十四日にかけてである。さらに二十五日には百四十一首つくっている。その日の日記には、「頭がすつかり歌になつてゐる。何を見ても聞いても皆歌だ」と書いている。このときつくられた短歌には、『一握の砂』に収められて有名な、

東海の小島の磯《いそ》の白砂に
われ泣きぬれて
蟹《かに》とたはむる

頰《ほ》につたふ
なみだのごはず
一握の砂を示しし人を忘れず

たはむれに母を背負ひて

そのあまり軽《かろ》きに泣きて
三歩あゆまず

などがある。

## 金田一京助の友情

生活は相変わらず困窮をきわめ、下宿の啄木に対する風当たりも強かった。金田一京助は、赤心館に大学一年のときからいるので、啄木はその信用ではいることができたが、下宿代は払えないし、不規則な生活はするしで、啄木に対する感情は極度に悪かった。そして九月になり、啄木のことから金田一が下宿代の残額十円をしばらく待ってもらおうとしたことで、下宿のおかみさんと衝突し、すぐに古本屋へ通知し、翌日荷車二台分の本を売り、四十円の金をつくり、下宿代の残り全部を払って、その日のうちに森川町の蓋平館《がいへいかん》別荘へ移ってしまった。啄木は金田一の友情に心から泣いた。

蓋平館別荘は、新しい三階建てのりっぱな家で、啄木の部屋はその三階の三畳半だった。高台にあり、小石川から神田へ続く家々を見おろし、靖国神社の森が見え、晴れた日にはくっきりと富士の高嶺が見えた。

この下宿へ移って約一か月後、啄木に東京毎日新聞の連載小説の話があり、十月二十六日にそれが正式に決定した。そしてかれの小説「鳥影」は、十二月一日から掲載された。十二月三十日に、その原稿料三十円を受け取った。上京後はじめてのまとまった収入であった。

文学的状況は変わりつつあった。「明星」はいよいよ十一月に百号を出して終刊することになり、その後継誌は、吉井勇・平野万里・石川啄木の三人が中心になって編集することになった。蓋平館の啄木の部屋へは、吉井勇や北原白秋・木下杢太郎・平野万里らが足しげく尋ねて来た。雑誌は森鷗外によって「スバル」と名づけられ、平出修が出資することになり、明治四十二年一月創刊された。啄木はその発行名義人となり、第二号はかれが編集した。啄木は「スバル」創刊の仕事と「鳥影」の執筆で忙しい日を送ったが、それで失っていた自信を回復することができた。

「明星」終刊号と「スバル」創刊号

蓋平館時代の啄木は、生活は相変わらず困っていたけれども、下宿代は気長に待ってくれ、というと、「ようがす、いずれ大晦日《みそか》には下さるんでしょう」という調子だったので、下宿代が払えないで苦慮することからはしばらく解放され、金田一京助のあたたかい友情にささえられて、比較的平穏な日が続いた。『源氏物語』を読み、白楽天・杜甫などの古典を読んで感激したのもこのころだった。「岩手日報」へは「空中書」「日曜通信」などを寄稿した。が、生活の不安を払いきることはできず、ふるさとを思い、函館を思って泣く日が続いた。菅原芳子という、「明星」に歌を投稿していた未知の少女に長い恋文を書いて、空想の恋にふけるのも、家族を養うことのできない現実のきびしさからの逃避的な行為であった。

原稿料の収入では、啄木ひとりの生活をもささえられなかった。まして函館にいる家族が困窮していることを知りながら、送金することなど思いもよらなかった。いきおい借金はかさんでいった。金田一京助・宮崎郁雨からはもちろん、釧路時代なじみになった芸者小奴からも借金するようなありさまだった。明治四十二年二月には、啄木の下宿代は百十何円かになっていたが、二月二十六日に小奴から二十円の電報為替を受け取って、そのうちから十円支払っている。

### 東京朝日新聞社への就職

そのような状態で、啄木は原稿生活をすることをあきらめなければならなかった。かれは、東京朝日新聞社の編集長佐藤真一が同郷人なのをたよりに、就職を依頼した。そして、佐藤の好意で東京朝日新聞社への就職が決まったのは二月二十四日だった。校正係で月給二十五円、ほかに夜勤手当が一夜一円ずつで合計三十円以上という条件だった。

北原白秋から就職を黒ビールで祝福された。かれは、その日を「記憶すべき日」とし、「これで予の東京生活の基礎が出来た！　暗き十ケ月の後の今夜のビールはうまかつた」と日記に書いている。三月一日から、瀧山町《たきやま》の朝日新聞社へ出社した。

# 明日をみつめる人

新しき明日《あす》の来《きた》るを信ずといふ
自分の言葉に
嘘《うそ》はなけれど——

## 家族の上京

朝日新聞社に就職が決まったことを知らせると、家族はすぐに上京したいといってきた。啄木は狼狽《ろうばい》した。家族を呼びよせるだけの準備は何一つできていなかったのである。下宿代は百円以上もたまって、しきりに催促《さいそく》され、新聞社の給料はできるかぎり前借りしていた。生活は苦しかった。電車賃がなくて新聞社を休まなければならない日もあった。「予の欲するものは沢山《たくさん》ある様だ。然《しか》し実際はホンの少しではあるまいか？　金だ！」(日記)と考える。文学をやっていては、金にならない。文学は自分の敵だ、と思うこともあった。下宿代の催促に困っては、他から借金して払うので、生活はいよいよ追いつめられていった。北原白秋から贈られた『邪宗門』まで売ってしまった。かれは、真剣に地方の新聞社へでも行こうと考えた。しかし、行ったとしても家族を呼ぶ金が容易にできないことはあきらかであった。それでも、地方新聞のひな型を作ってみたりして、「実際、地方の新聞へ行くのが一番いいように思われた。無論そのためには文学を棄《す》てて了《しま》うのだ」(日記）と絶望的に思う日が続いた。死ぬことも考えられた。少しの金があると、家族を養わなければならない重荷からのがれるように、夜の浅草をさまよった。渋民を思い、函館を思い、橘智恵子を思って泣いた。しかし、そのような空想や逃避行は積極的な何の解決にもならない。そうしているうちに、上京後一年がすぎていった。

明治四十二年六月十日、啄木は盛岡からの宮崎郁雨と妻節子の手紙を受け取った。待ちきれずに函館をたったのである。家族は郁雨に伴われて盛岡まで来ている。啄木はいよいよ覚悟しなければならなかった。宮崎郁雨から送ってきた十五円で、本郷弓町の新井という床屋の二階二間を借りることになった。下宿のほうは、金田一京助の保証で、百十九円たまっている下宿代を、十円ずつ月賦で返すことにきまった。母と妻子は宮崎郁雨に伴われて、六月十六日に上野に着き、一家は一年半ぶりでいっしょに住むことになった。

ひとりでさえ苦しかった啄木の生活は、家族を迎えていっそうひどくなっていった。そのうえ、妻節子は、函館時代の無理がたたって、からだを弱めていた。母との間もうまく行かなかった。耐えられなくなった彼女は、十月二日、京子を連れ家出して盛岡の実家へ帰ってしまった。啄木は、その突然のできごととその苦しみを、「泣き沈む六十三の老母を前にして妻の書置《かきおき》読み候ふ心地は、生涯忘れがたく候。昼は物食はで飢《うえ》を覚えず、夜は寝られぬ苦しさに飲みならはぬ酒飲み候。妻に捨てられたる夫の苦しみの斯《か》く許《ばか》りならんとは思ひ及ばぬ事に候ひき」と新渡戸《にとべ》仙岳にあてて書いている。また、「万一にも実家の方にて何のかんのと節子の帰りを長びかせるやうの事あらば、その時こそ私は、二人の将来のすべてを犠牲にするだけの、心ゆく限りの復讐《ふくしゅう》をいたすべく候」とも書いている。啄木にとって、妻の家出がどれだけショックだったかわかる。この事件は、新渡戸仙岳と金田一京助との尽力で、三週間あまりで妻が帰って解決した。

**社会主義への傾斜**

生活との苦闘と節子の家出というような事件を経て、啄木の文学に対する考え方、思想は大幅に変わっていった。詩人であることを天職として生活をかえりみなかった啄木は、いま生活に手痛く復讐《ふくしゅう》された。生活と、それに直接つながる社会、国家の問題を真剣に考えなおさなければならないようになっていった。

そして、明治四十二年十二月号の「スバル」に、「きれぎれに心に浮んだ感じと回想」という感想を発表して、国家と道徳の関係を論じ、自然主義者が旧道徳とたたかうといいながら、国家の問題を回避している卑怯《ひきょう》を突いた。自然主義の弱点にするどく切り込んだ批判だった。さらに同じころ、「食ふべき詩」を「東京毎日新聞」に発表し、詩人を天職とし、文学者であることを誇りにし、現実の生活をなおざりにしていた以前の態度を自己批判しながら、「我は文学者なり」という自覚が、文学を必要から遠いものにしているとし、「詩人は先《ま》ず第一に『人』でなければならぬ。第二に『人』でなければならぬ。第三に『人』でなければならぬ。さうして実に普通人の有《も》つてゐる凡《すべ》ての物を有つてゐるところの人でなければならぬ」と論じている。

そして、詩を生活に必要なものの一つにするために、「実人生と何等の間隔なき心持を以て歌ふ詩」ということを主張している。

かれは、もはや「明星」派の浪漫主義者でもなく、自然主義者でもなかった。思想的にそれを大きく越える足場をつくりあげたのである。その足場に立って、決定的な自然主義批判をなしとげたのが、明治四十三年九月、魚住折芦《せつろ》の「自己主張の思想としての自然主義」に反論するかたちで書かれた「時代閉塞の現状――強権、純粋自然主義の最後及び明日の考察」であった。明治四十年代の日本の文学的状況をみごとに把握し、自然主義・耽美《たんび》主義を社会組織の矛盾と行き詰まりとの関連において批判し、新しい文学の出現には、社会的な変革が必要であることを主張した画期的な評論である。

啄木は、浪漫主義の退潮期に浪漫主義者として文学的出発をし、自然主義がその初期の積極的な姿勢を失って自己告白的・自滅的な傾向をあらわしてきた時期に上京して自然主義的な小説を書くという、時の主潮をたくみにするどく自己のものにするけれども、いつも後手後手と進んできたが、ここにいたってはじめて大きく時代を先駆したのだった。「時代閉塞の現状」は、啄木にとってのみでなく、日本近代における歴史的な文芸評論の一つであった。

啄木がこの思想的な高みに到達する過程に、一方では『一握の砂』の歌がつくられ、編集が進んでいた。小説「我等の一団と彼」、評論「きれぎれに心に浮んだ感じと回想」「食ふべき詩」「時代閉塞の現状」と発展してきたものが、当時における強き心の所産であるとすれば、『一握の砂』に示された抒情、感傷は、いわば啄木の弱き心の所産であった。「時代閉塞の現状」に発展する強き心があったから、弱き心の表白である『一握の砂』の歌が生まれた、といえるだろう。

かれの強き心は、生活における不合理とのたたかいと、その不合理のよってくる素因に透徹した目を向けることによって生まれ、より強くなった。そして啄木は、文学者として同時代のだれもが立つことのできなかった高みに立ち得たのだった。その決定的な契機になったのが幸徳事件である。

## 幸徳事件と啄木の反応

幸徳事件は、いわゆる大逆事件といわれてきたもので、明治四十三年五月、宮下太吉・管野すが・新村忠雄・古河力作ら無政府主義者の天皇暗殺計画事件に端を発した。六月一日には幸徳秋水が湯河原で原稿執筆中に拘引《こういん》され、その後無政府主義者・社会主義者数十名が検挙され、二十六人が大逆罪で起訴された。裁判は秘密裏に行なわれ、明治四十四年一月十八日、幸徳秋水ら二十四名に死刑、二名に有期刑という判決があった。そして一月二十日、大命によって死刑囚のうち十二名だけ無期懲役に減刑され、残り十二名の死刑執行は一月二十四日に行なわれるという早さだった。

これは、あきらかに明治天皇制国家権力によってデッチあげられた事件である。宮下太吉・管野すがらが、天皇暗殺を計画したことは事実だが、単なる計画にしかすぎず、それに幸徳秋水らは関係なく、さらに東京占領を計画したという事件をつくりあげ、それらの事件を強引に結びつけ、大逆罪にフレームアップしたのであった。国家権力によってなされた、社会主義者撲滅《ぼくめつ》をはかる大がかりな陰謀だったのである。

この事件を知ったときの啄木のショックは大きかった。日記にも、「幸徳秋水等陰謀事件発覚し、予の思想に一大変革ありたり」と書いている。かれは、東京朝日新聞社という、ニュースを早く、紙面にあらわれないところまで知ることのできる職場にいたのと、幸徳事件の弁護人平出修を知っていたので、いち早く事件の全貌《ぜんぼう》を知ることができた。平出修は、「明星」派の論客であり、「スバル」に出資し、幸徳事件に取材した小説「逆徒」などを書いた若い弁護士だった。明治四十四年一月、啄木は平出から、幸徳秋水が担当弁護人磯村四郎・花井卓蔵・今村力三郎にあてた陳弁書を借りてきて、「初めから終りまで全く秘密の裡《うち》に審理され、さうして遂《つい》に予期の如《ごと》き（予期！　然《しか》り。帝国外務省さへ既《すで》に判決以前に於《おい》て、彼等の有罪を予断したる言辞を含む裁判手続説明書を、在外外交家及び国内外字新聞社に配布してゐるのである）判決を下されたかの事件――あらゆる意味に於て重大なる事件――の真相を暗示するものは、今や実にただこの零細なる一篇の陳弁書あるのみである」として、四日から五日にかけて書き写している。それは五月になって整理され、「A LETTER FROM PRISON」と題された。これに付された「EDITOR'S NOTES」は事件の本質をあきらかにし、当時の思想的状況を明確に分析したすぐれたノートである。啄木はまた、事件の経過を克明に調べ、記録した「日本無政府主義者陰謀事件経過及び附《ふ》帯現象」を残した。これはすぐれたルポルタージュとして認められている。実に啄木は、幸徳事件の確実な証言者だったのである。

幸徳事件は、啄木以外の文学者にも大きなショックを与え、森鷗外は「沈黙の塔」「食堂」を書いて国家権力の思想弾圧を諷刺《ふうし》した。永井荷風は、フランスの小説家ゾラが、ドレフュース事件の暗黒裁判に正義を叫んで外国に亡命した例を引きながら、幸徳事件に対して何の抗議もしなかったことを恥じ、自分の芸術を江戸時代の戯作者の品位まで引きさげた、と随筆「花火」の中に書いている。ほかに平出修のいくつかの小説、佐藤春夫・武者小路実篤・田山花袋らも、この事件を題材にした作品を残しているが、事件の本質とその有する意味を把握することにおいて、啄木に大きく及ばなかった。

幸徳事件の発覚した明治四十三年をふりかえって、啄木は「思想上に於ては重大なる年なりき。予はこの年に於て予の性格、趣味、傾向を統一すべき一鎖鑰《さやく》を発見したり。社会主義問題これなり。予は特にこの問題について思考し、読書し、談話すること多かりき。ただ為政者の抑圧非理を極《きわ》め、予をしてこれを発表する能《あた》はざらしめたり」と書いている。かれは、幸徳事件発覚後、社会主義関係の書物をあさり、小樽で知り合った社会主義者西川光二郎と旧交をあたため、本を借りている。そしてかれは、社会主義を革命の思想として主体的に確立して行く。

幸徳事件の全貌《ぜんぼう》とその思想的な意味を知った啄木は、明治四十四年一月九日、盛岡中学校以来の友人である瀬川深に手紙を書いて、「僕は長い間自分を社会主義者と呼ぶことを躊躇《ちゅうちょ》してゐたが、今ではもう躊躇しない」と社会主義宣言をしている。さらにこの手紙には、「僕は必ず現在の社会組織経済組織を破壊しなければならぬと信じてゐる、これ僕の空論ではなくて、過去数年間の実生活から得た結論である、僕は他日僕の所信の上に立つて多少の活動をしたいと思ふ」と実践運動への抱負が語られている。

しかし、啄木に具体的な実践の計画があって、この抱負は語られたものではなかった。それが、瀬川に自

土岐哀果（善麿）プロフィール
（永瀬義郎書）

分の抱負を語って四日後の一月十三日、土岐《とき》哀果《あいか》（善麿）と会うことによって、思いがけないほど急速に実践の一つの見通しができた。

## 土岐哀果との出会い

土岐哀果が、ローマ字歌集『NAKIWARAI』を出版したのは明治四十三年四月であった。早稲田大学から読売新聞と、当時自然主義文学の牙城《がじょう》のような感のあったところにいた哀果が、その影響を強く受けた歌集で、特色は、ローマ字で表記されていることと、一首の歌を三行に行分けしていることにつきるが、それだけで短歌史上画期的なことであった。これに対して啄木は、「東京朝日新聞」に、「NAKIWARAI を読む」という非常に好意的な批評を書いた。その中でかれは「歌といふものに就《つ》いて既成の概念を破壊する事、乃《すなわ》ち歌と日常の行住《ぎょうじゅう》とを接近せしめるといふ方面に向つてゐる。さうして多少の成功を示してゐる」と哀果の歌を評している。

これはむしろ、『NAKIWARAI』に託して、啄木の短歌観を表白しているものであった。すでに明治四十二年に「実人生と何等の間隔なき心持を以て歌ふ詩」「我々の日常の食事の香の物の如く、然《しか》く我々に『必要』な詩」を提唱し、かつ実行していた啄木が、哀果の歌にそれに近いものを認め、このような好意的な批評になったのである。『NAKIWARAI』当時の哀果が、啄木のいうような意識的な志向をもっていたとは思われないし、「食ふべき詩」からも遠いものであった。それにもかかわらず、この批評が書かれたのは、混沌《こんとん》としていた哀果に、啄木の主張に発展する要素をみたからであろう。哀果が無意識に、「誰でも一寸《ちょい》一寸経験するやうな感じを誰でも歌ひ得るやうな平易な歌い方」でうたった態度は、実に啄木のこの評論によって意識的になり、方向づけられた。

さらに啄木は、明治四十三年十二月十日から十三日まで、「東京朝日新聞」に、四回にわたって「歌のいろ〳〵」という感想を書いた。その中で、土岐哀果の

焼あとの煉瓦《れんが》の上に
syoben をすればしみじみ
秋の気がする

という歌にふれ、「好い歌だと私は思つた」と書き、この歌を罵《ののし》っている人は、「屹度《きっと》歌といふものに就いて或狭い既成概念を有《も》つてる人に違ひない、自ら新しい歌の鑑賞家を以《もっ》て任じてゐ乍《なが》ら、何時とはなく歌は斯《こ》ういふもの、斯《か》くあるべきものといふ保守的な概念を形成《かたづく》つてさうしてそれに捉《とら》はれてゐる人に違ひない」といっている。当時「朝日歌壇」の選者であった啄木のこのような理解あることばが、哀果をいかに力

づけ感激させたかは、「僕は、啄木によつて、僕の作品の『価値』と『意義』とを一層はつきりと発揚されたのだ」(『啄木追懐』)という哀果のことばでもわかる。啄木によって自己の歌のもつ価値と意義とを自覚し、自らの方向をみいだした哀果は、急速に啄木に接近した。

明治四十三年十二月、啄木の歌集『一握の砂』が出版された。『NAKIWARAI』にならって、一首を三行書きにし、質量とも哀果の歌集にまさる、豊富な、切実な内容をもったものであった。ここに、非常に意識的になってきた哀果と啄木とがならび称される時代がくるのである。

ふたりをならべて論じた評論は、決して啄木・哀果の試みを賞讃したものばかりではなかった。ふたりの歌に、楠山正雄のごとく「万葉時代の権威の回復」をみるものもいたが、多くはその意味を理解できず、たとえば内容にしても、三行書きの問題にしても、ただ驚き、いわゆる短歌という概念にとらわれて感情的に否定するものが多かった。

それでも、ともかく明治歌壇史に、啄木・哀果時代を形づくった。新聞雑誌などで、ふたりがならび称されるようになったのは、明治四十三年後半期からであるが、四十四年一月、そのような機運の中で、ふたりは初対面することになる。

啄木と哀果を会わせる直接の契機になったのは、ふたりの出現に、「万葉時代の権威の回復」をみた、と書いた楠山正雄の時評「新年の雑誌」であった。これは、明治四十四年一月十日付の「読売新聞」紙上に発表されたが、哀果は、これが発表された二日後、啄木に電話した。啄木はその一月十二日の日記に、「社に帰ると読売の土岐君から電話がかゝつた。逢《あ》ひたいといふ事であつた。とうに逢ふべき筈《はず》のを今迄逢はずにゐた。その事を両方から電話口で言ひ合つた。二人――同じやうな歌を作る――の最初の会見が顔の見えない電話口だつたのも面白い。一両日中に予のところへやつて来る約束をした」と書いている。

こうしてふたりは、翌十三日に初対面し、その日のうちに早くもふたりで雑誌を出すことを話し合い、誌名もふたりの名から一字ずつとって「樹木と果実」とすることにきまった。ここに、雑誌「樹木と果実」は、その計画の端をひらいた。

## 「樹木と果実」の計画とその失敗

「樹木と果実」の経営は、啄木の真に意図した活動ではなかったとしても、「時代進展の思想を今後我々が或は又他の人かが唱へる時、それをすぐ受け入れることの出来るやうな青年を、百人でも二百人でも養つて置く」ことを目的にし、「文壇に表はれたる社会運動の曙光《しょこう》」であることを目ざしていることから、かれの所信のうえに立っての活動をこの雑誌によって展開しようとしていたことは確かである。「次の時代といふものについての一切の思索を禁じようとする帯剣政治家の圧制」とたたかう姿勢をとったのである。

雑誌は三月一日発行の予定で啄木を中心にその準備が進められた。広告は諸雑誌に掲載され、投書や予約の前金が大部よせられた。ところが、二月四日に啄木が慢性腹膜炎で入院しなければならないという不測の事態が出来《しゅったい》した。その後も、入稿するまでに至りながら、印刷屋の不正などがかさなり、「樹木と果実」は、内容を掲げた広告まで出しながら、ついに陽の目をみることができなかった。

啄木の病気、印刷屋の不正など、不幸な事件がかさなって、「樹木と果実」の発刊は中止されたが、啄木は中止の第一の理由として、「雑誌が今やその最初の目的をはなれて全く一個の小さな歌の雑誌にすぎぬことになつたといふ事」(日記)をあげている。かれは、病気がなおったら、「一個の小さな歌の雑誌」ではなく、「帯剣政治家の圧制」とたたかう内容の雑誌なり、ほかの前向きの方法なりを考えていたのだった。

### 啄木一家の窮状

「樹木と果実」をやめる決心をしてからの啄木は、毎日、「平民新聞」や社会主義関係の文献を調べたり、「平民新聞」に載《の》ったトルストイの日露戦争論を写したり、友人と無政府主義に関する議論をしたりして、革命への情熱は、病床にあっていよいよ激しさを加えていった。そして五月には、幸徳事件を克明に記録し、自分の感想を付した「日本無政府主義者陰謀事件経過及び附帯現象」「A LETTER FROM PRISON」を整理している。病気によって行動を奪われていた啄木にとって、ほんとうに情熱をもってやれることは、幸徳事件関係の書類の整理であり、社会主義関係の書物を読み、革命を空想することであった。そして、「樹木と果実」は失敗したけれども、病気がなおれば活動できるということから、啄木の志向は前向きのものであり、あせりながらも、明るい、希望のあるものだった。六月には格調の高い社会主義詩であり、啄木文学の最高峰の一つを形づくる『呼子と口笛』がつくられた。

しかし、啄木一家の生活はいよいよ悲惨をきわめた。「予の前にはもう饑餓《きが》の恐怖が迫りつゝある!」というほどの家計のありさまだった。

啄木は三月十五日に退院したが、その後も高熱が続き、寝たり起きたりの日が続いた。五月十日に病院へ行って診察を受けると、肋膜炎《ろくまくえん》のあとはまだなおらないが、肺は安全だ、神経衰弱にかかっているということで、一か月間の静養を要するといわれた。七月になると、四十度もの熱になやまされ、「この日以後約一週間全く氷嚢《ひょうのう》のお蔭にていのちをつなぐ。食欲全くなし」(七月十二日「日記」)という状態が続いた。そのうえ、妻も病弱で寝込むことがあったが、七月二十八日、肺尖《はいせん》加答児《カタル》と診察された。

このような状態のとき、家の立ちのきを迫られ、一家は八月七日、小石川久堅町へ移った。宮崎郁雨から四十円、高利貸から二十円の借金をして引っ越しの資金にした。

久堅町へ移ってから、母も喀血《かっけつ》して寝込むようになった。ついに、母・啄木・節子と、三人で枕をならべるという、一家全滅の状態に陥ったのである。みかねた父一禎は、九月三日、家を出て次女のとつぎ先である北海道の山本家をたよった。

このような啄木及び一家の窮状は、幸徳事件以後の社会主義の冬の時代とあいまって、かれの実践活動を全く奪ってしまった。かれが、強権の勢力はあまねく国内に行きわたり、明治天皇制組織はそのすみずみまで発達し、もはや完成の域にまで進み、「我々青年を囲繞《いぎょう》する空気は、今やもう少しも流動しなくなつた」と観察した時代閉塞の現状は、病気の、小さな啄木では、どうすることもできなかった。当時の良心的であった人々は苦悩しながらも、結局沈黙を守り、自己否定の方向をとったが、かれもその例外ではありえなかった。すみずみまで発達した明治天皇制国家権力は、病気の啄木に可能な実践すら、完全に奪ってしまったのである。

「樹木と果実」の失敗以後、より積極的な実践を考えていた啄木は、客観的には、どんな形の実践にしろ、時代的な行き詰まりと病気とで、それに向かうことは不可能だった。その意味でも「樹木と果実」の挫《ざ》折《せつ》は、啄木にとって悲劇的なできごとであった。啄木の思想と行動は、それを契機に統一しがたく分裂してしまった。もはや強き心を持ち続けることすらできない。そして、強き心のないところには弱き心もなく、弱き心の表白であったかれの短歌も、明治四十四年八月二十一日につくられた、そして九月号の雑誌「詩歌」に「猫を飼はば」として発表され、啄木の死後出版された『悲しき玩具』の最後をかざった十七首を最後につくられなくなった。

## 時機を待つ人

ついに啄木は、明日の社会の明確なイメージを見つめながら、早急にかれの理想の行なわれないことを認めなければならなかった。そして、「実に情けなくなる位書けない。これ位根気がなくなつたか」と思いながら、「僕はやつぱり、『時機を待つ人』といふ悲しい人達の一人である外はない」と「平信」に書いたのは、明治四十四年十一月のことであった。そのことばに続けて、「苟《いやし》くも信ずる所があればそれを言ひ、それを行ふに、若しも男児であれば何の顧慮する所もない筈《はず》だ。しかし僕は不幸にして、今の心ある日本人の多くと同じやうに、それの出来ない一人だつた」と書いている。幸徳事件に対して、当時の文学者にあっては、最も敏感な反応を示し、その不正を行なった天皇制国家にするどく対立するに至った啄木のこのことばはいたましい。

かれは、自分のもつ思想の正しさを疑うことも、すてることもできなかった。にもかかわらず、啄木はその思想を実行する方法をすべて奪われてしまったのである。いまは、あすをみつめながら、そのあすを積極的に獲得することをあきらめ、受動的に時機を待つほかはなかった。

こうして文学的にも思想的にも行き詰まった啄木は、暮れの払いも満足にできず、債鬼にせめられつつ大晦日《みそか》を迎えなければならなかった。そして明治四十五年正月元旦の日記に、「今年ほど新年らしい気持のしない新年を迎へたことはない。といふよりは寧《むし》ろ、新年らしい気持になるだけの気力さへない新年」だと書き、「新年を迎へたといふのがちつとも喜ばしくないばかりでなく、またしても苦しい一年を繰返さねばならぬのかと思ふと、今まで死なずにゐたのを泣きたくもあつた」と書いている。

しかし、啄木はすでに、「苦しい一年を繰返」すことができないほど、からだを病魔にむしばまれていた。一月二十三日に母の病気が肺結核であることがわかり、自分も、妻の節子もそれに感染していることを知って絶望する。母は、三月七日、ついに帰らぬ人となった。その後啄木も目にみえて衰弱し、明治四十五年四月十三日、午前九時三十分、妻と、啄木重態の報を聞いてかけつけた父にみとられて、その短い生涯をとじた。享年二十七歳であった。

# 第二編　作品と解説

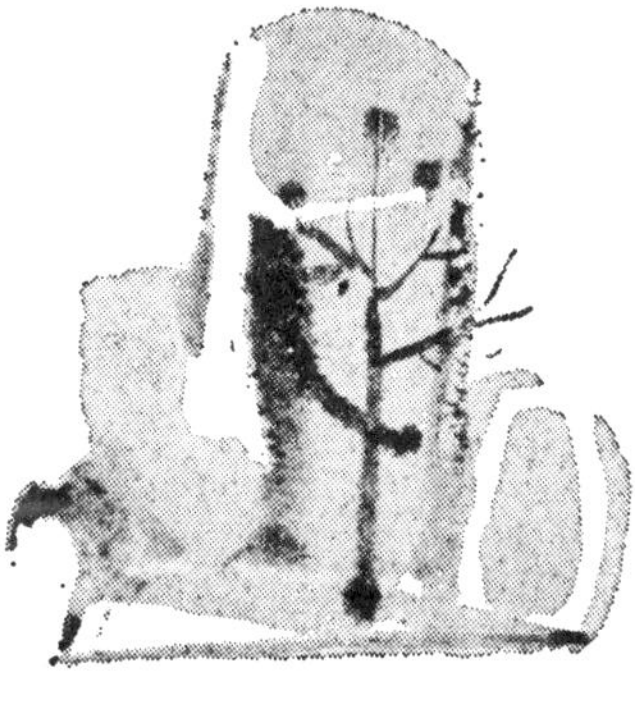

## 啄木文学の世界

啄木は、短歌・詩・小説・評論の分野で活躍し、そのうち、いずれが真にかれの文学を代表するか、意見のわかれるところである。『一握の砂』『悲しき玩具』両歌集によって、かれは広く知られているし、歌人としての評価が、啄木生前から最も安定していた。これからも、啄木の作品が読まれ、愛されるのは、その短歌によってであろう、という意見は有力である。事実、「東海の小島の磯の白砂に……」とか、「はたらけどはたらけど……」という歌、「ふるさとの訛《なまり》なつかし……」などの思郷の歌は、広く愛唱されている。中学や高校の教科書にも短歌が採られ、だれでも啄木の歌の二つや三つは暗誦することができるだろう。

しかし、啄木の作品のうちで、両歌集をあまり高く評価して、他の作品を軽視することになると、正しい啄木のイメージをもつことができなくなる。かれは、安っぽい〝薄幸の感傷的歌人〟ということになってしまうだろう。少しばかりの短歌を読んだだけで、啄木なんかつまらない、センチメンタルだ、甘い、と思い込んでしまう人が案外に多い。そしてそんな人は、啄木の本当の姿を、いやその短歌さえ正しく理解しないで、啄木を軽蔑《けいべつ》することになる。

『一握の砂』『悲しき玩具』は、近代短歌史上の代表的な名作ではあるけれども、啄木にはそれと同じぐらいの、あるいはもっともっと深い、そして時代を先駆《せんく》する世界があったのである。啄木自身、歌人と呼ばれることを恥じ、本当のところはおれに歌なんかつくらせたくない、歌に全生命を託そうと思ったことなんかない、といっている。軽視し、否定しようとした短歌によって、啄木が高く評価されているのは、文学史の一つの皮肉である。

短歌の世界よりも、もっと大きな、そして時代を先駆した世界、それは「時代閉塞《へいそく》の現状」ほかの評論と、一部の小説、詩によって文学的に結晶された世界である。それは、啄木の生前には、ほとんど閑却され不当に過少評価されていた。明治四十二年という時期に、自然主義文学の本質的な欠陥を鋭くみぬいて批判した「きれぎれに心に浮んだ感じと回想」、自らの前半世の浪漫主義の詩歌を否定し、実人生となんらのへだたりのない心持をもってうたう詩を唱えた「食ふべき詩」など、かれの代表的な評論が、かろうじて発表されたが、何の反響もなかった。「時代閉塞の現状」は、書きあげられても、生前には発表することさえできなかったのである。

啄木が革命的な評論家としてその先駆的な仕事を再評価されたのは、大正末年から、プロレタリア文学運動がさかんになってからであった。さらに啄木の歴史的な仕事の全貌《ぜんぼう》が明らかにされたのは、ようやく戦後になってからである。天才は、五十年後、百年後に認められるというが、啄木の仕事の意味は、戦後幸徳事件関係の研究が自由にできるようになり、初めて認められたのである。幸徳事件の記録を要領よく編集した「日本無政府主義者陰謀事件経過及び附帯現象」、および無政府主義についての誤解を解こうとして幸徳伝次郎が獄中より弁護団に送った陳弁書を写し、自分の事件に対するすぐれた洞察と感想を付した「A LETTER FROM PRISON」は、記録文学としてもすぐれたものになっている。

北海道時代に書いた「卓上一枝」から、「きれぎれに心に浮んだ感じと回想」「食ふべき詩」「時代閉塞の現状」、さらに幸徳事件関係の手記と読んでくれれば、啄木の評論・感想が、今日《こんにち》的な、そして未来にわたる問題を豊富に含んでいることがわかるだろう。実に啄木の文芸評論は、明治期の文芸評論の世界で、北村透谷《とうこく》とともに、最も高い水準に達しているのである。

けれども、二十七年という短い生涯と、新しいものをすべておさえつけようとする時代的な大きな制約は、この評論の世界でも、未完成なものを多く残さずにはおかなかった。その未完成の部分を、思想的・生活的に補うものとして、膨大な日記と手紙がある。かれは、丹念に日記を書き、友人に長い手紙をたくさん書いた。かれの文学作品の世界に結晶されなかった思想的・生活的な側面が、そこにリアルに表現されていて、その日記・手紙はそれ自体として、日本近代の代表的な日記文学・書簡文学である。

啄木の小説は、自然主義の影響を強く受けたものであるが、決してその亜流にとどまらず、日本自然主義文学がもたなかった批判的リアリズムの傾向を示して、文学史に特異な位置をしめる。詩の世界においても、蒲原有明《かんばらありあけ》・薄田泣菫《すすきだきゆうきん》らの影響が色濃いが、そこから大胆に新しい世界をきりひらいている。『呼子と口笛』一連の詩は、明治のほかの詩人にはおよびもつかない世界であった。いずれにしても、強烈な個性によって、明治期の多くの作家たちによってなされなかった部分をきりひらき、高い水準に達しているのである。

日記・手紙に表現された啄木の生涯、思想の基盤、その結晶としての評論・小説などの世界を理解して、初めてかれの短歌のもつ真の価値がわかる。『一握の砂』『悲しき玩具』両歌集は、啄木文学のイントロダクションの役割を果たしながら、その最高の達成を示しているのである。だから、短歌から小説・評論、また短歌にかえるという順序をくり返して啄木文学は鑑賞されなければならない。

短歌・詩・小説・評論などを総合した啄木の全貌は、ある意味では、森鷗外や夏目漱石や島崎藤村よりも高いものがある、といっても過言ではない。一つの作品を示して、その完成度を云々《うんぬん》すれば、二十七歳で逝《い》った啄木は、多くの未熟な部分をもつけれども、大きな可能性を含み、今日でもみずみずしい若さを失わない性質を十分にそなえている。啄木は、歌人、あるいは評論家・小説家・詩人というようなとらえ方ではなく、全体的なとらえ方をすることが必要である。

# あこがれ

啄木は、何回か詩集出版を計画し詩稿ノートが残っているが、生前公《おおやけ》にされたのは、『あこがれ』だけであった。『あこがれ』は、明治三十八年五月に出版された。時に啄木は若冠《じゃっかん》二十歳、詩集が世に出ると、才気縦横の少年詩人と評された。

## 成立の背景

啄木が本格的に詩をつくりはじめたのは、盛岡中学を学業なかばになげうって上京、こと意に反して失意の病身をふるさとの禅房に養っている明治三十六年十一月だった。かれは初め、及川古志郎・金田一京助ら盛岡中学校の短歌グループに刺激され、文学にめざめ、短歌をつくった。その関係で鳳《おおとり》晶子(後の与謝野)・山川登美子らを擁《よう》し、全国の青年子女を心酔《しんすい》させていた「明星」の文学運動にふれた。そして啄木は「明星」の主幹鉄幹与謝野寛の知遇を得て、その後同誌上に短歌を発表し、新詩社内では新進の歌人として注目されるようになったのである。その啄木が、詩を多くつくるようになったのはなぜだろうか。

啄木の才気を愛し、「明星」誌上で縦横の活躍を許した与謝野寛は、「啄木君の思出」の中で、「君の歌は何の創新もない。失礼ながら歌を止めて、外《ほか》の詩体を択《えら》ばれるがよからう、さうしたら君自身の新しい世界が開けるかも知れない。自分は此事《このこと》を君にお勧《すす》めする」というような意味の忠告の手紙を送ったところが、そ

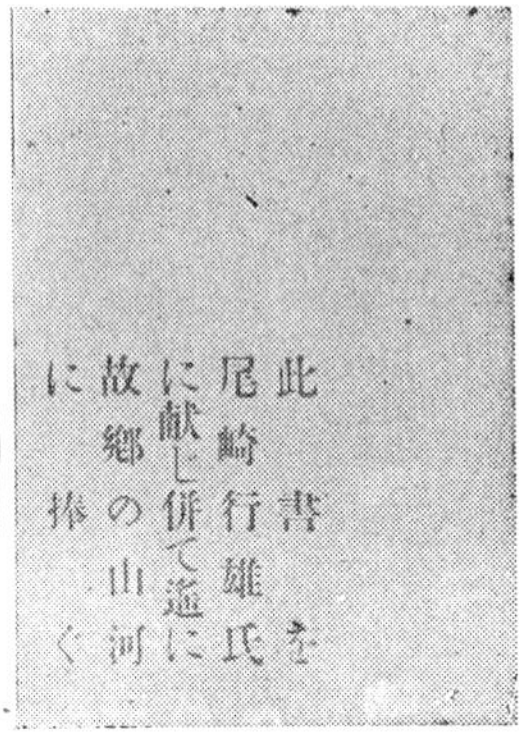
此書を
尾崎行雄氏
に献し併て遥に
故郷の山河
に捧ぐ

『あこがれ』の表紙と扉文字

の後啄木からの便りが二か月か三か月の間ふっつりと断えてしまったが、ある日突如《とつじょ》として厚くたばねた詩稿が送られて来た、と回想している。

　この回想によると、啄木は与謝野寛の忠告をいれて短歌から詩に転じたことになる。が、この回想は、たとえば啄木という雅号についても、啄木の詩稿「啄木鳥」からとって、与謝野寛がつけたというような、意識的か、あるいは無意識の明らかな誤りがあるし、また、啄木の詩が初めて発表された明治三十六年十二月号の「明星」に載《の》っている「短歌月評」で、与謝野寛は啄木の歌を、「私の好きな歌」といい、「尤《もつと》も傑作です」と評していることなどから、「君の歌は何の創新もない」から詩をつくったらどうか、というような忠告をしたということをそのまま信じることはできない。

　啄木が詩を書きはじめた動機は、人の忠告をいれた、というような受動的な、単純なものではなかった。文学的野心に燃えていたかれは、まず短歌というジャンルに希望をもてなかった。明治三十年代後半の詩壇は、島崎藤村・土井晩翠《ばんすい》の時代がすでに過ぎて、薄田泣菫・蒲原有明らがはなばなしく活躍していた時代であった。浪漫主義は象徴主義的な傾向があらわれ、絢爛《けんらん》たる花を咲かせていた。啄木は、その花に目を奪われた。

そのうえ、自尊心が強く、わがままに育った啄木の、希望に満ちた上京が失敗に終わり、身心ともに傷つき、ふるさとの美しい自然の中に身を横たえなければならなかった感情は、もはや短歌という伝統的な形式では表現できなくなっていたのである。内面の問題として、かれは新しい表現形式を求めなければならない必然性に迫られていた。それが、短歌に比べて、より自由な詩と結びついて、せき止められていた浪漫的心情が、ほとばしるごとくあらわれたのが、『あこがれ』をかざった詩篇である。

さて、啄木が初めて「明星」に詩を発表したのは、明治三十六年十二月号だった。「愁調《しゅうちょう》」と題された、「杜《もり》に立ちて」「白羽の鵠船《こくせん》」「啄木鳥」「隠沼」「人に送れる」という五篇の詩である。啄木は、翌三十七年一月十三日に姉崎嘲風にあてた手紙に、「昨秋十一月の初め、病怠《おこた》るにつれて我が終生の望みなる詩作の事に思ひ立ち、ふとしたる動機より一の新調を発見し、爾後《じご》営々として人知らぬ楽みの中に筆を進め居候」と書いている。病のようやくいえてきた啄木に、新しい詩の世界が開けてきたことがわかる。

後年啄木は、当時を回想して、「其頃《そのころ》私には、詩の外《ほか》に何物も無《な》かつた。朝から晩まで何とも知れぬ物にあこがれてゐる心持は、唯《ただ》詩を作るといふ事によつて幾分《いくぶん》発表の路を得ていた」(「食ふべき詩」)と書いている。また明治四十一年五月、第二詩集『あこがれ以後』を編集したとき、その序に、詩を書きはじめた最初の一か年は美しい生活であった、純粋なる生活であった、となつかしく追想している。病を養いながら、何に束縛されることもなく、空想をほしいままにし、思うままに作詩にふけっていたのである。「詩は我健康を甦《よみがえ》らしめ、健康は実に詩を生む」という状態だった。
啄木には、『あこがれ』の時代ほど、余裕のあった、そして想像力をほしいままにして作詩にふけるという美しいときは、以後二十七年の生涯をとじるまでなかった。

**新しい詩型の試み**

啄木は、薄田泣菫・蒲原有明ら、「明星」の近くにいた浪漫派の詩人たちの影響を強く受けて作詩活動をはじめた。かれは、韻律《いんりつ》、語彙《ごい》などにおいて、泣菫その他先輩を模倣《もほう》するところからはじめたが、当時の作詩上の努力は、それら先輩を受け継ぎ、新しい形式をつくり出すことにそそがれていた。啄木の試みは、たとえば「愁調」のうちの一篇「杜《もり》に立ちて」などにあらわれている。

秋去り、秋来る時劫《じごう》の刻みうけて
五百《いほ》秋《あき》朽《く》ちたる老杉《おいすぎ》、その真洞《まほら》に
黄金の鼓《つつみ》のたばしる音伝へて、
今日また木の間を過ぐるか、こがらし姫。
運命せまくも悩みの黒霧落ち

陰霊いのちの痛みに唸《うめ》く如《ごと》く、
梢《こずえ》を揺《ゆ》りては遠のき、また寄せくる
無間《むげん》の潮に漂《ただよ》ふ落葉《おちば》の声。

『あこがれ』の巻頭をかざっている「杜に立ちて」の第一スタンザである。「時劫」というような啄木独自のことばを用いた難解な詩である。十四行からなるソネット形式の詩であるが、啄木はここで、一行が四四四六音節の調子を試みている。これは、この詩では成功しているといえる。与謝野寛からも、蒲原有明のより望み多き詩形だとほめられて意を強くしている。

このほか、啄木はいろいろな韻律を試みているが、そのことについて、明治三十七年一月二十七日付の姉崎嘲風宛の手紙に次のように書いている。

「尚《なお》詩作の事に就《つ》き一言申上度《た》きは、嘗《かつ》て試みたる四四四六の新調の外《ほか》に、近来また五六六を一句とする最新調を発見しえたる事に御座候。日本の詩に押韻《おういん》の法の不可能なるは今更申す迄《まで》もなく、従《したが》つて、其吟誦の要約として音楽的性質を与へんとせば、種々の格調を以《もつ》て異なる詩想に調和せしめざるべからざる儀と存じ、さてこそ力をこの方向に注ぎ居候。在来の七五、五七等の外に、小生が『鶴飼橋』に套《とう》用したる泣菫氏の八六調その他八七調、七々調、四七六調、五八五調等、多々ある先進諸氏の経営に対して、小生は大に感謝致し居候。」

このように啄木は、当時の作詩活動において、詩に音楽的性質を与えるための韻律の研究にことのほか意を用いた。『あこがれ』全体としては、日本語の性質上、伝統的な七五調、五七調が多いが、啄木の独創的な四四四四六調は、二十篇を数え、むしろこの詩集の基調となっている。

## 詩語の問題

啄木は、『あこがれ』に収められた詩において、いろいろな格調を試み、また詩語についても相当の苦労をしていることがわかる。さきに引用した「杜に立ちて」の中に、「時劫」ということばが用いられている。これは啄木の新造語である。「劫」は「未来永劫《えいごう》」などと用いられる文字で仏教できわめて長い時間の単位である。したがって初めは、「秋が去り、また秋が来る長い年月の刻《きざ》みをうけて、五百年もたった老杉」というような意味である。

かれは、どうしてこのようなむずかしいことばを用いて詩を書かなければならなかったか。「無暗《むやみ》に自分の詩を高尚らしく見せるためなどに、比較的むずかしいことばや新造語を用ゆるのではない」といいながら、啄木は親友の伊東圭一郎にあてた手紙の中で、次のように説明している。

「つまり日本文学の新生命は我らの双肩《そうけん》にあるので、有体《ありてい》に考へてる事を申上ぐれば、東西の思潮を融合した世界的文学は、今後吾《われ》らによつて建設されるのだ。所が日本語は悲しい事に未だ充分詩語として発達して居らぬ、それで吾国語に充分な豊富、充分な基礎を作らんがために、我らの今の事業は、一面では慥《たし》かに研究時代である。研究時代であるから、大胆な用語、大胆な句法、大胆な格調も勢ひ出てくる。世人が我らの詩をわからぬと云ふのは多分以上の点から胚胎《はいたい》してる様だ。」

これは的《まと》はずれの議論でなく、日本語が十分詩語として発達していなかった——というのは日常語としても不完全なものであり、美的でないということであるが——ことは事実で、詩を口語で書くか、文語で書くかは大きな問題であった。啄木のいうように、「大胆な用語」法も用いなければならないことがあった。

しかし啄木の議論は、自分を「詩神の奴隷《どれい》」「詩は我生命」であり、天職であると思う芸術至上主義的な考えからのものであった。啄木自身、「食ふべき詩」で自己批判し、「然《しか》し此議論には、詩其物を高価なる装飾品の如《ごと》く、詩人を普通人以上、若《もし》くは以外の如く考へ、又は取扱はうとする根本の誤謬《ごびゅう》が潜《ひそ》んでゐる」と書いている。詩が、特別の修養をしなければわからない、というのであれば、その詩は詩としてすぐれているとはいえないであろう。

新詩社を中心にした浪漫主義の詩は、象徴主義的な傾向をおびてきて、わからないもの、という風評があった。明治三十八年、日露戦争に出征していた森鷗外は、妹の小金井きみ子にあてた手紙で、それを批判し、「新詩社でほめる先生方の書いた本」を読んで、「果《はた》せるかな読んでみるとわかる。但《ただ》しわかるのは八九分どほりであとに少々わからぬ滓《かす》が残る。その八九分も、かうだらうと察してやるので、あとの滓は察するにも手がかりがない程詞《ほどことば》の遣《つか》いかたがめちゃ〳〵なのだ。つまりねごとなのだ」と書いている。つまり国語を知り、正しい文法で書いてあれば、わからないはずはないので、新詩社の先生方の詩にはねごとがはいっているからわからないのだ、という。ねごとがはいっている詩はすぐれた詩とはいえない。

ところで啄木は、さきに引用したように、むずかしいことばや古語を縦横に駆使して、難解な詩を書いたが、決してわからない詩ではない。ねごとのはいっている詩ではない。国語に対して、かれは中学を中途退学した十八、九歳の少年としては驚くべき才能をもっていた。森鷗外も、さきの手紙の中で、岩野泡鳴・与謝野寛らを皮肉りながら、「ここに一つおかしい事がある。それは此連中のごく若手に所謂《いわゆる》新体詩の大家よりうまいのが出て来た事だ。石川啄木や平野万里がそれだ。（中略）あれ等は泣菫なんぞより想像も豊富で国語もよく使ひこなしてゐる。大家先生しつかりせぬと子供に負けるやうだ」と書いている。啄木のことばに対する才能は早く認められていたのである。

## 文学史的価値

『あこがれ』の文学史的評価はきわめて低い。ただ啄木の作品として記憶され、文学史に名をとどめているにすぎない。積極的に評価した論文が少数はあるが、多くは啄木の詩集であるということで文学史上にしるされているにすぎない。

『あこがれ』が世に出た当時は、毀誉《きよ》なかばしていた。「帝国文学」の書評では、「才気縦横の少年詩人」

と評しながら、「相像力が独立性に」乏《とぼ》しく、「ひとりよがりの風」があると批判している。これに対して、「明星」では、仲間ぼめのきらいはあるが、「この少年詩人の創造力は、我等寧《むし》ろ今の世の驚嘆に価するを思ふ。若《も》し又《また》、啄木が用うる所の新様の語に、たま〱泣菫有明二氏の詩中に用ゆる語あればとて、そは二氏の専用にもあらざるべし。況《いわ》んや啄木の自ら撰択せし語彙《ごい》は甚《はなは》だ豊富にして遵麗《じゅんれい》、清新、その日本語の美を知れるは、彼の土井晩翠氏等の企て及ばざる所なるをや」とほめあげている。

しかし、以後の批評では、否定的見解のほうが多い。その代表的な論者は日夏耿之介《ひなつこうのすけ》で、蒲原有明・薄田泣菫・与謝野鉄幹・伊良子清白、それに訳詩の上田敏の「五人の感化が啄木の若き『あこがれ』の間に目まぐるしい程《ほど》気恥《はず》かしいほどに出てくる。よくもこうすくすく真似《まね》られたかと思われる程抜け抜けと真似ているのである」と、啄木の才能を認めながらも、「詩集『あこがれ』は早熟少年の模倣詩集にすぎない」ときめつけている。

日夏耿之介に代表されるこのような『あこがれ』に対する否定的見解が根強いのは、『一握の砂』及び『悲しき玩具』の歌人として、また「時代閉塞の現状」におけるすぐれた評論家として、『呼子と口笛』の革命詩人として高く評価されていることに、大きな理由を見いだすことができる。後年のすぐれた独創的な仕事に比べて、『あこがれ』は、少なくとも啄木を代表する作品とはいえないし、有明や泣菫の詩に比べれば、やはり見劣りするのである。

しかし、その否定的見解をうち破って、『あこがれ』を高く評価しようとするとき、最も大きな障害となってあらわれてくるのは、啄木自身の『あこがれ』時代に対する自己批判である。かれは、「食ふべき詩」を書き、そのころの詩を、「空想と幼稚《ようち》な音楽と、それから微弱な宗教的要素（乃至《ないし》はそれに類した要素）の外には因襲的な感情のあるばかりであつた」と反省し、「両足を地面《ちべた》に喰つ付けてゐて歌ふ詩」を主張している。自然主義の主張に影響された詩論であるが、啄木はここから「時代閉塞の現状」へ進み、大きく前進していったので、この評論も高く評価され、反対に以前の詩歌は軽視された。

『あこがれ』は、近代文学史上に低く評価されているだけでなく、啄木の作品群にあってもかえりみられることが少なく、それがこの詩集の研究をおくらせ、文学史上にも正当に記載されないというような現状である。『あこがれ』の文学史的価値、啄木における意味はこれからの研究に待たなければならないところが多くある。

# 雲は天才である

## 啄木と小説

啄木は短歌で文学的出発をし、明治三十六年に詩に転じ、若冠二十歳で詩集『あこがれ』を刊行した。そのような早熟な文学少年であったにもかかわらず、かれは小説に対する関心をもっていなかったらしい。

中学時代、かれの文学的関心は短歌に限られ、「明星」、ことに鳳《おおとり》晶子に傾倒し、晶子流の歌をつくっていた。小説も読むには読んだろうが、上京の日から克明《こくめい》にしるされた日記にも、手紙にもその関心は語られない。『即興詩人』を読んだときの感動が、わずかに日記にしるされているぐらいのものである。

これは、啄木が、詩歌を最も純粋な文学形態だと考えていたことにもよるだろう。「明星」によって文学への目をひらかれたが、それは詩歌をもって文学の正統とする立場にあり、かれは、初期において、全くその影響のもとにあった。そのうえ、啄木の中学校時代は、尾崎紅葉・幸田露伴らの活躍していた時期であり、それが若き啄木の心をとらえるものでなかったことは、想像にかたくない。『あこがれ』の啄木は、あくまでも純粋な詩人であり、小説は、第二義的な文学的ジャンルとしか考えていなかったのである。

その詩人啄木が、明治三十九年七月、小説を書きはじめた。これは多少唐突《とうとつ》である。当時啄木は、盛岡での新婚生活が経済的に行き詰まり、郷里渋民へ帰り、月給八円で小学校の代用教員になっていた。詩人のみが真の教育者だ、と日本一の代用教員であることを自負していた啄木は、この時期教育の仕事にうちこみ、詩をつくることも少なくなっていた。が、詩を書くことを天職としていたことに変わりがない。

しかし、生活との苦闘から、その感情生活が大きく変わり、短歌から詩に表現手段を変えたように、いままた自分の感情をもっと自由に表現できる小説という形態に移っていったのである。生活が苦しかったので、原稿料のたくさんはいる小説を書きはじめた、ということも考えられる。それに、明治三十八年ころからの文壇の大きな動きとも関係がある。

明治三十九年六月、啄木は学校の農繁期の休暇を利用して上京、東京新詩社に十日間滞在し、中央の文壇の空気にふれ、多くの文学書を読んだ。かれは、日記に、上田敏の印象や薄田泣菫の『白羊宮』について書いたあと、次のように書いている。

「近刊の小説類も大抵読んだ。夏目漱石、島崎藤村二氏だけ、学殖ある新作家だから注目に値する。アトは皆駄目《だめ》。夏目氏は驚くべき文才を持つて居る。しかし『偉大』がない。島崎氏も充分望みがある。『破戒』は確かに群を抜いて居る。しかし天才ではない。革命健児ではない。兎《と》に角仲々《なか》盛んになつた。が然《しか》し……然し、……矢張《やはり》自分の想像して居たのが間違っては居なかった。『これから自分も愈々《いよいよ》小説を書くのだ』といふ決心が、帰郷の際唯一の予のお土産《みやげ》であった」

夏目漱石は明治三十八年一月から「吾輩《わがはい》は猫である」を「ホトトギス」に連載した。明治三十九年四月には「坊っちゃん」を発表し、五月に初期の短編を集めた『漾虚集《ようきょしゅう》』を刊行した。また島崎藤村は、詩から小説に転じ、多大の犠牲を払って、明治三十九年三月に長編『破戒』を自費出版し、文壇内外の注目をひいた。さらに国木田独歩・正宗白鳥らの文壇進出は、日本の近代文学に新時代をもたらした。明治三十年代が藤村の処女詩集『若菜集』で幕をあけた詩歌の時代であるとすれば、四十年代は、さらに藤村の『破戒』によって、自然主義文学最盛の時代、小説の時代として幕をあけたのだった。

文学者であることを自分の天職とし、中央文壇へ登場する野心にもえていた啄木は、この新しい文学界の動きに敏感に反応した。漱石には「偉大」がない、藤村は「天才」ではない、「革命健児」ではない、と評した啄木のことばが正当であったかどうかは別として、かれの自信は当たるべからざるものがあった。この自信は、ずっともち続けられ、北海道から、本格的に小説を書こうとして上京したときも、「夏目の虞美《ぐび》人草なら一ヶ月で書ける」と日記に書いている。

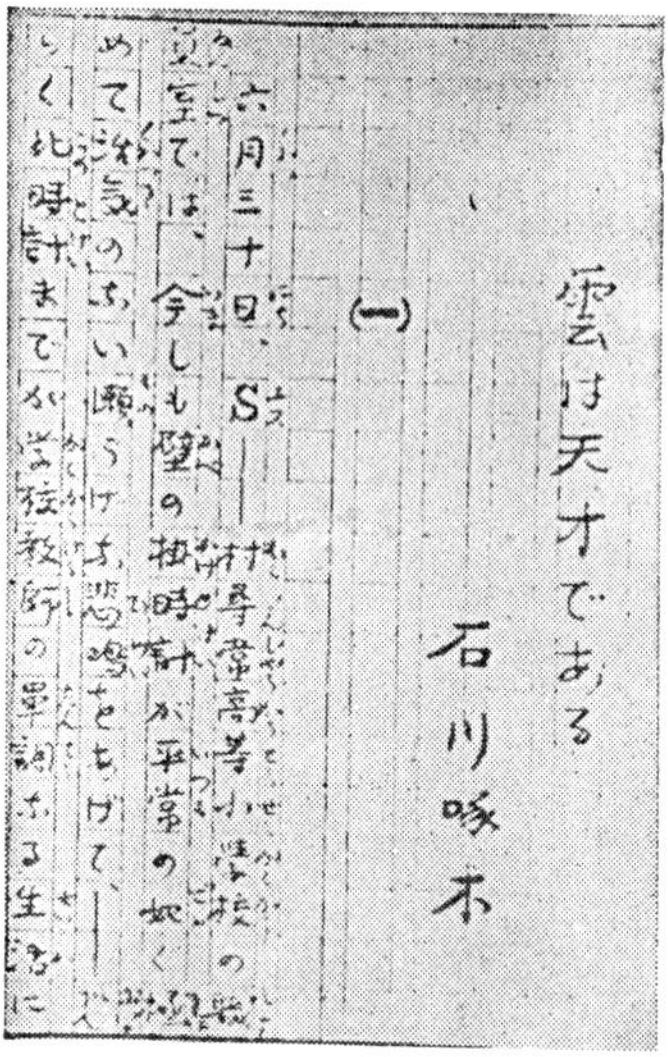


「雲は天才である」原稿

## 内容

「雲は天才である」について、啄木は日記に、「これは鬱勃《うつぼつ》たる革命的精神のまだ渾沌《こんとん》として青年の胸に渦巻《うずま》いてるのを書くのだ。題も構想も恐らくは破天荒《はてんこう》なものだ。革命の大破壊を報ずる暁の鐘である。主人公は自分で、奇妙な人物許《ばか》り出てくる。これを書いて居るうちに、予の精神は異様に興奮して来た」と書いている。

この小説の舞台は、S――村尋常《じんじょう》小学校の職員室である。この職員室は、天井が低い十畳敷きぐらいの部屋で、しみだらけの壁も、古風で小さな窓も、古くてゆがんでいる椅子も、みな一種の倦怠《けんたい》をあらわしている。

職員は全部で四人で、「完全なる『教育』の模型として、既に十幾年の間身を教育勅語の御前に捧《ささ》げ、口に忠信考悌《こうてい》の語を繰返す事正に一千遍《べん》」の田島金蔵校長、村内出身で、十年もこの学校にいて、「話題と云へば、何日でも酒と、若い時の経験談とやらの女話、それにモ一つは釣道楽」だけで、「随《したが》つて主義も主張もない」検定試験あがりの古手の首席訓導古山、芳紀やや過ぎて二十四歳、「それで未だ独身で、熱心なクリスチヤンで、讃美歌が上手《じょうず》で、新教育を享《う》けて居て、思想が先《ま》づ健全で、顔は？ 顔は毎日見て居るから別段目にも立たないが、頰《ほお》は桃色で、髪は赤い、目は年に似合はず若々しいが、時々判断力が閃《ひら》めく、尋常科一年の受持であるが、誠《まこと》に善良なナースである」女教師山本孝子、それに尋常科二年受持の代用教員で、月給は八円だが、自ら日本一の代用教員をもって任じている新田耕助である。

新田耕助は、放課後、高等科の生徒に歴史と英語の課外をやっていたが、この日六月三十日は、校長から、月末の調べものがあるし、それに今日は妻が頭痛でヒドク弱ってるから、なるべく早く生徒を帰したいので、課外をやめてくれ、と言われた。校長一家——妻と子どもふたりは、学校の宿直室に住み込んでいたのである。

新田にとって、課外の二時間は、一日のうちで最も得意な、愉快な幸福な時間であった。自分のもっているいっさいの知識、いっさいの不平、いっさいの経験、いっさいの思想が、この二時間のうちに、機をねらい、時を得て、火矢となって五十数人の若い胸にとび、もえたぎるのである。その楽しい時間が、いま校長の一言で取りやめになって、月末のおもしろくもない調べものをしなければならないはめになった。極楽へ行く途中から地獄へおとされてしまったのである。

その地獄では、しばらくの間、〝パペ、サタン、パペ、サタン、アレッペ〟という、ダンテでさえ、それを聞いて胆《きも》を冷やした奈落《ならく》の底の声にもにたそろばんの音がきこえていた。それが一段落したとき、校長から新田のつくった校友歌の問題がもちだされ、倦怠《けんたい》しきった職員室に近ごろめずらしいあらしがふきだしたのである。

校長のいうのは、新田が作詩作曲し、家に遊びに来た二、三人の生徒に教えたものが、しだいに高等科の生徒たちの大部分に歌われているというものだった。校長は、ちゃんとした順序をふまないものは生徒に歌わせるわけにはいかない、といい、新田の授業の批判に及び、文部大臣からのお達しで定められた教授細目によらなければいけないということで、古山首席訓導といっしょになって新田をせめた。だらしなく子どもに乳をふくませながら校長の妻が現われ、なりゆきを見守っていた。

しかし新田は、その歌を校歌としてつくり、生徒にうたわせたものではなく、たまたま遊びにきた二、三人に教えたのが全校に広がっただけなので、何のやましいところもなかった。教授細目までもちだした校長及び主席訓導は何のことばもなかった。すでに勝負はついた。山本教師は、そこで初めて口を開いていった。「私も昨日、あれを書いたのを栄さん（生徒の名）から借りて写したんですよ。私なんぞは何も解《わか》りませんけれども、大層もう結構なお作だと思ひまして、実は明日唱歌の時間にはあれを教へやうと思つてたんでしたよ。」職員会議の成行きいかんと見守っていた生徒たちは、この結果に小おどりしてよろこんだ。「勝つた先生万歳」と叫び、新田のつくった校友歌をうたった。

新田が勝ちほこっているとき、八戸から友人天野朱雲の風変わりな紹介状をもって、石本俊吉という青年がこの職員室にかれを尋ねてきた。石本は乞食《こじき》同然で血色がきわめて悪く、そのうえ片目、正視するに耐えないような風采《ふうさい》であった。かれは、故郷静岡にいる父が死んだので、帰るのだが、旅費がない。そこで乞食をしながら静岡まで帰る途中、ここに新田を尋ねたのだった。

石本の風采は乞食以下だったが、その声は音吐《おんと》朗々としてナポレオン=ボナパルトを思わせた。かれは天野朱雲の悲惨な境遇を語り、自分の凄惨な生いたちを語った。新田は、ため息を吐《は》いて涙をぬぐった。女教師はテーブルに打ち伏していた。

## モデルその他

この小説の後半、石本俊吉が現われてからは、そのいっさいの習俗からはみ出して、孤独と貧困のなかに生きる純粋な青年への感傷的な共感に移行し、石本及び天野の境遇と言行のうちに、啄木の浪漫的な理想が述べられている。天野及び石本は、架空の人物で、かれが職員室に現われて自分の境遇を語るということは、フィクションであるが、そこに啄木の人生に対する考え方が端的に述べられているといえよう。天野の、「死か然《しか》らずんば前進、唯《ただ》この二つの外に路が無い。前進が戦闘だ」「全然破壊する外に、改良の余地もない今の社会だ。建設の大業は後に来る天才に譲つて、我々は先づ根柢《てい》まで破壊の斧《おの》を下さなくては不可《いかん》」というようなことばは、ようやく生活の辛酸《しんさん》をなめ、社会の不条理に気づきはじめた啄木の社会観の表白である。

石本の物語を中心とする後半に対して、前半は、ほとんど啄木の体験がそのまま書かれているとみていいだろう。舞台になっているS――村尋常小学校は、渋民村尋常小学校で、啄木は平野郡視学に運動し、明治三十九年四月からそこの代用教員になっている。啄木は、四月二十六日の日記に、高等科の生徒に英語の課外教授をはじめたことをしるし、「英語の時間は、自分の最も愉快な時間である。生徒は皆多少自分の言葉を解しうるからだ。自分の呼吸を彼等の胸深く吹き込むの喜びは、頭の貧しい人の到底しりうる所でない」と書いている。この課外での生徒との接触が、この小説での感動的な師弟の交流として描かれている。

啄木はまたこの日の日記に、「余は余の理想の教育者である。余は日本一の代用教員である」と書いている。「雲は天才である」の主人公新田耕助は、啄木のそのような地位と抱負をそのままにもっている。自ら、「主人公は自分で、奇妙な人物許《ばか》り出てくる」といっているので、新田は啄木その人であるとみてまちがいではない。

さらに、この小説で新田が校友歌をつくって生徒に歌わせたということが問題になっているが、これも全くのフィクションではなく、これと同じような事件が実際にあったものと思われる。啄木は、この小説を書く直前の七月一日に、「校友歌」をつくっている。その四節目に、

雪をいただく岩手山
名さへ優しき姫神の
山の間を流れゆく
千古の水の北上に
心を洗ひ筆洗ふ
この楽しみを誰か知る

とあるが、これがそのまま「雲は天才である」の新田のつくった校友歌として用いられているので、この歌を生徒にうたわせたことから、啄木と校長・主席訓導の間にやりとりがあり、それが小説にとり入れられたのであろう。

新田以外のS――尋常小学校の職員も、みな啄木が奉職していた当時の渋民小学校の職員であった。一家四人で学校の宿直室に住んでいて、月給十八円の田島校長は、遠藤忠志校長で、啄木の日記に、「師範出の、朝鮮風な八字髯《ひげ》を生やした、先づノンセンスな人相の標本」と評している。また小説の中で、「此村土着の者であるから、既《すで》に十年の余も斯《こ》うして此学校に居る事が出来たのだ。四十の坂を越して矢張《やはり》五年前と同じく十三円で満足して居るのでも、意気地のない奴《やつ》だといふ事が解《わか》る」と書かれている古山首席訓導は、三、四年担任の秋浜市郎首席訓導、この小天地でひとり新田の話し相手になり、新田の味方である山本孝子は、師範女子部出身の女教師上野さめで、一年生の受持ちだった。この上野さめは、啄木一家と親しく交《まじ》わった人で、『一握の砂』の中にも彼女をうたった短歌が収められている。

## 主　題

このように、「雲は天才である」は、啄木が代用教員として奉職していた渋民小学校を舞台にし、ほとんどその体験をもとに書かれた小説であるが、主題はどんなところにあったろうか。

それは、さきに引用した日記に、「これは鬱勃《うつぼつ》たる革命的精神のまだ渾沌《こんとん》として青年の胸に渦巻いてるのを書くのだ」「革命の大破壊を報ずる暁の鐘である」と書いているように、日本社会の因襲と停滞への反逆にあるといっていいだろう。それは、新田とその指導を受ける生徒たち――〃ジャコビン党員〃の、校長・首席訓導への反逆として描かれる。そしてその裏には、「道」という小説などにもあらわれるように、青年は、老人に必ず勝つんだ、という自信が流れている。

この小説は、未完であることも手伝って、多くの欠陥が指摘される。校友歌問題で校長にうち勝ったよろこびを、「全勝の花冠《かかん》は我が頭上に在《あり》焉。敵は見ン事鉄嶺以北に退却《たいきゃく》した。剣折れ、馬斃《たお》れ、弾丸尽きて、戦の続けられる道理は昔からないのだ」というような詩人的誇大表現は、若い啄木の気負いをそのままあらわし、リアリティをそこなっている。窪川鶴次郎の、「諷刺小説の本質として必要な、主人公そのものの戯画化がないどころか、主人公だけが戯画化されていないで、つまり主人公と敵対的な人物だけが強烈に戯画化されているので、せっかくの諷刺が客観的な効果を十分にはたしていないのみか、主人公についてゆけない気持を読者に起させやすい」という評は適切であろう。

しかし、それらの欠点にもかかわらず、浪漫的傾向の強い、それでいて社会的な基盤をもつ作品として日本文学史上特異な位置をしめる作品であることはまちがいない。啄木を考えるときも、この作品は、かれの人と作品を知るうえに重要であるし、以後の啄木の活動を示唆《しさ》するものを多く含んでいる。

## 我等の一団と彼

### あらすじ

我等《われら》の一団とは、T――新聞の社会部記者の中の不平分子である。かれらは、しげしげと往来する。遠慮のない話をする。ときどきは誘い合って、どこかに集まって飲む。ただそれだけのことにすぎないが、どこかに集まって飲み、勝手な熱を吹くときが、我等の一団の最も得意な、最も楽しいときだった。きっと社中の噂《うわさ》がでて、気の合わない連中や社に対する不平が出た。そうなると、みんな火の出るような顔を突き出して、我党の士は大いにやらにゃいかんぞ、などと気炎をあげて、明日にでも自分らの手で社の改革をしとげてみせるようなことをいった。

しかし翌日出勤してみると、そんなことはけろりと忘れたような顔をしてすましている。かれらは、自分らの一団を学問党と呼んでいた。

この我等の一団の中に、高橋彦太郎という記者がいた。かれは、Y――専門学校の卒業生で、卒業するとまもなく、中学校の教師として東北の方へ行っていた。それから東京へ帰って来て、ある政治雑誌の記者になり、実業家の手代になり、そして新聞記者になり、T――新聞へ来るまでに二つ、三つの新聞を歩いてきた。

T――新聞社にはいって半年ばかりは、社中にこれという親友もできなかった。かれは、どんな記事でも相応に要領を得て書きこなしたが、その代わり、これという新しさも、奇抜なところもない、世なれた記者の筆で書いた。仲間と話をすることはあるが、話の中心になることはなく、なにひとつ人の目を引くようなところのない、あるいはしない、またおべっかは使わず、自己宣伝をしない、平凡な男だった。

社会部会があった。編集長のもちだした議題の中に、近ごろ社会部の出勤時間がだんだん遅れているので、午前九時までに相違なく出社すること、というのがあったが、何の異議もなく会議は終わった。

我等の一団は、会議などになると妙に沈黙を守っているほうだった。それで、会議が終わってから不平をいうのだった。高橋は、その不平を聞きながら、「いいさ。外交に出たら家に寄つて緩《ゆつく》り昼寝をして来れば同じ事《こと》だ」といった。さらに我等の一団のひとりが、「高橋君が何か意見をのべてくれるのじやないかと思つた」というのに対して、「僕か？　僕はそんな柄《がら》ぢやない。なあに、これも矢つ張り資本主と労働者の関係さ。一方は成るべく楽をしようとするし、一方は成るべく多く働かせようとするし……この社に限つたことぢやないからねえ。どれ、行つて弁当

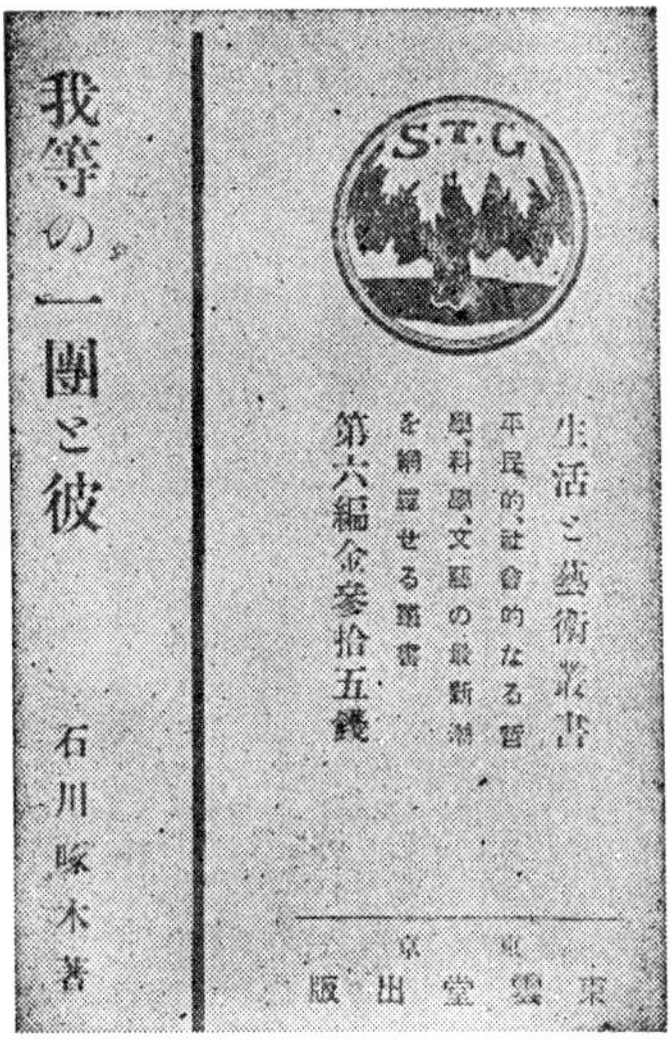

『我等の一団と彼』初版本

でも食はう」と答えて、「金の無い者は何処でも敗《ま》けてゐるさ」とひとり言のようにいうのだった。

その後、私——亀山が突然飲みにさそい、それから高橋は我等の一団にはいったのだった。

我等の一団は、あらゆる矛盾《むじゅん》に対して不平をもち、批判的であった。が、その矛盾を解決するための実行のできない人々の群れであった。それに対して、かれ高橋は、自己の理想をもって、現実に密着した実行によってそれを実現しようとする。かれは、「僕には野心は無いよ。ただ結論だけは有る」という。そのかく成らねばならんという結論は、「僕等が死んで、僕等の子供が死んで、僕等の孫の時代になつて、それも大分年を取つた頃に初めて実現される奴なんだ」という。

そしてそれが実現されたところで、かれ個人にとっては何の増減も無い。だからかれは、かれの野心を実現するために何の手段も方法もとったことはないが、次のように考えている。「時代の推移といふ者は君、存外急速なもんだよ。色んな事件が毎日、毎日発生するね。其の色んな事件が、人間の社会では何《ど》んな事件だつて単独に発生するといふことは無い。皆何等かの意味で関連してる。さうして其の色んな事件が、また、何等かの意味で僕の野心の実現される時代の日一日近づいてる事を証拠立ててゐるよ。」

高橋は、自分の理想を実現するために、何の手段も、方法もとったことはない。しかしその野心、理想の実現が、いろいろな社会現象から、日一日近づいていることを知っている。しかし、その理想の実現される日は、孫の時代、それも大分年をとったころだろう。そうすると自分の一生は、次の時代の犠牲として、しばらくの間この世に生きているにすぎない。かれは、「僕の一生は犠牲だ。僕はそれが厭《いや》だ。僕は僕の運命に極力反抗してる。僕は誰よりも平凡に暮らして、誰よりも平凡に死んでやらう」と思っている。

かれは結局自分自身を見限らなければならない。浅草の活動写真の小屋に、全く批評というもののない世界をみつけて、ぼんやりと映画をみているよりほかない虚無に陥って行く。かれは、自動車競争の映画をみて、「あんなのを見てると些《ちつ》とも心に隙《すき》が無い。批評の無い場処にゐるばかりでなく、自分にも批評なんぞする余裕が無くなる。僕は此の頃、活動写真を見てるやうな気持で一生を送りたい」と思う。

## 時代の主潮を描く

「我等の一団と彼」は、明治四十三年五月末から六月にかけて書かれたが、発表されたのは、啄木没後の大正元年八月で、「読売新聞」に連載された。

啄木は、この小説には相当自信があったらしく、執筆中に友人の岩崎正にあてた手紙に、次のように書いている。

「先月の末からかゝつて『我等の一団と彼』といふものを書いてる。もう六十何枚書いたが、まだ三十枚位はかけさうだ。書いて了《しま》つて金にかへるまでに、若《も》し僕にも一度これを書き直す時間が有るとすれば、これは僕が今迄に於《おい》て最も自信ある作だ。『道』は僕が或る目的を置いて書いた小説の最初のものであつたが、後に至つてその目的の置き処の誤まつてゐたことを発見した。従つて全然失敗してゐた。今度の作では、僕は『道』に於て単に一般的に老人と青年の関係に置いた目的を、もつと極限して現代の主潮に置いた。――書きあげもしないうちから余り講釈をするのはやめるが、兎《と》に角僕はコツ〳〵と少しづゝの時間で毎日いくらかづゝ書いてゐる。」

この小説は、ほぼ原稿用紙百枚で脱稿されたが、啄木が自負しているだけあって、かれの小説のうちでは、処女作の「雲は天才である」とともに、啄木らしい特異な作品である。「雲は天才である」は、旧《ふる》い因習と農村の停退に対する浪漫的な反逆を描いて、当時の文壇に類例をみない作品だったが、その後のかれの小説は、「赤痢《せきり》」「鳥影」などの作品を除いて、自然主義文学の影響を強くうけた、そしてそれを越えることのできない作品ばかりであった。が、小説の最後の作品になった「我等の一団と彼」において、再び啄木独自の、自然主義文学の影響から抜け出した批判的リアリズムを志向したのだった。

啄木は、この作品で、「現代の主潮」に目的をおいた、といっている。それは、高橋彦太郎の思想と行動をとおして、かなり明確に描かれているといっていいだろう。

高橋は、時代のジレンマからのがれるのは、常に鋭い理解さえもっていれば可能だと思っていたが、そうでないことを悟らなければならない。そして高山樗牛《ちょぎゅう》の主張した、時代を超越して生きるということは、すでに失敗におわっている時代であった。樗牛の失敗は、啄木によれば、「一切《いっさい》の『既成』を其儘《そのまま》にして置いて、その中に自力を以《もっ》て我々の天地を新に建設するといふ事は全く不可能」であるということを示していた。多くの人は、いきおい時代のジレンマ、時代の病気を共有するという結果に苦しみ、あるいは無意識に共有して深みに陥っていった。

高橋は、「ヂレンマに陥つた者が、それから脱れよう、脱れようとするのは、もう君、議論の範囲ぢやないよ。必至だよ。出来る、出来ないは問題ぢや無いんだ」といってるが、かれもやはり、その時代のジレンマから必死にのがれようとすればするほど、時代の重み、さらに理想の実現されるのが遠いことに絶望し、理想を獲得するために何らかの手段、方法をとることができないのであった。批判のない場末の映画館の中にわずかに自己の平安の地を見いださなければならないのである。それが啄木の描きたかった、明治四十年代の青年たちが虚無的・自滅的な方向に向かっていた時代の主潮であった。

高橋を除く我等の一団は、時代のジレンマに対して批判的ではあっても、それを実行に移そうとしない人たちのグループであった。啄木は、そのようなインテリゲンチアの弱さ、一種の卑怯《ひきょう》を否定して、批判するよりもいろいろな事件に何らかの意味で自分の理想の実現される時代の日一日と近づきつつあることをみて、批判のない民衆の生活に親しみを感じ、そこに立脚して前進しようとする高橋彦太郎の生き方に同情を示している。そして啄木が同情を示した高橋も、映画をみているように、批判のない場所にいるばかりでなく、自分にも批判などする余裕のないような生活を送りたいというほど、追いつめられ、実行できない我等の一団とあまり変わらない立場にたたざるを得なかったところに、当時のインテリゲンチアの悩み、啄木の悩みがあった、といえる。

結局、高橋には、時代のジレンマと積極的にたたかい、自分の理想を実現する科学的な方法も手段もいまだなかったのである。だから、誠実に生きようとすればするほど、時代のジレンマとたたかい、理想実現のために前進しようとすればするほど、救いがたい深みに陥っていかなければならなかった。それは、高橋の問題であると同時に、啄木の問題であり、当時のまじめな青年たちの問題であった。その意味で、「我等の一団と彼」は、ある時期の啄木の思想的な苦悩を描いた小説であるということができる。

**時代の行き詰まりへの批判**

高橋彦太郎の、「僕は此の頃、活動写真を見てるやうな気持で一生を送りたいと思ふなあ」ということばは、『一握の砂』に収められた、

こころよく
我にはたらく仕事あれ
それを仕《し》遂《と》げて死なむと思ふ

高きより飛びおりるごとき心もて
この一生を
終るすべなきか

という歌を連想させる。この二首の初出は、前者が明治四十三年三月二十八日の「東京朝日新聞」、後者が同五月十三日の「東京毎日新聞」紙上である。「我等の一団と彼」は、明治四十三年五月から書きはじめられているので、これらの歌にみられる啄木の、生活に疲れ、明日の社会のイメージがわずかながら頭に浮かんでも、それの実現の方向もみつからないような状態にあって、生活上の苦しみを根元までたちいって考え、改める方向に行けないで、この苦悩にみちた一生をすみやかに終わりたいという願いが、時代のジレンマに苦しむ高橋によって表現された。

それがもっとはっきりわかるのは、この小説とほぼ同じ時期に書かれた「硝子窓《ガラス》」という感想である。その中で啄木は、どんなつまらない仕事でも、仕事の中に没頭している楽しみは、金にも名声にもかえられないといい、さらに次のように書いている。

「家へ帰る時間となる。家へ帰つてからの為事《しごと》を考へて見る。若《も》し有れば私は勇んで帰つて来る。が、時として差迫つた用事の心当りの無い時がある。『また詰らぬ考へ事をせねばならぬのか！』といふ厭《いや》な思ひが起る。『願はくば一生、物を言つたり考へたりする暇もなく、朝から晩まで働きづめに働いて、そしてバタリと死にたいものだ。』斯《こ》ういふ事を何度私は電車の中で考へたか知れない。時としては、把手《ハンドル》を握つたまま一秒の弛《ゆる》みもなく眼を前方に注いで立つてゐる運転手の後姿を、何がなしに羨《うらや》ましく尊く見てゐる事もあつた。

――斯《こ》うした生活のある事を、私は一年前まで知らなかつた。」

仕事に価値があるかないかは問題ではなかった。せわしく、何も考える暇がないように働いている。それによってわずらわしい生活から離れられたら――。文学的運命を最後まで試験しようとして北海道から上京したが、創作生活は失敗に終わり、東京朝日新聞社に校正係の職を得て、わずかに一家の生活をささえていた啄木にとって、これはいつわらざる告白であった。

文学的には、上京後、せき止められていた水が流れだしたように、自然主義的な小説を書き、自然主義に大きく傾斜していたが、明治四十二年一月の「きれぎれに心に浮んだ感じと回想」において、鋭く自然主義文学の欠陥を指摘して、批判する立場にたった。自然主義者は、道徳の性質および発達を国家の組織からきり離して考えたという。それは自然主義が敵とすべきものをさける結果になり、自然主義の限界になった。

そのような自然主義文学の決定的な欠陥を指摘しながら、啄木には、それを越えるものがあった、とはいえない。結局啄木は、二重生活をすることとしか、この矛盾だらけの社会に生きる方法はなく、それがかえって良心的なんだ、という考え方に傾いていた。物をいったり、考えたりする暇もなく、朝から晩まで働きづめに働いて、そしてバタリと死にたい、というのは、そのようなジレンマからの逃避《とうひ》であった。

しかし啄木は、国家、社会の問題をそのままにしておいて、自分だけ合理的な生活をするという二重生活を、正しいものとして肯定することはできなかった。「きれぎれに心に浮んだ感じと回想」においても、

「今、私にとつては、国家に就《つ》いて考へる事は、同時に『日本に居るべきか、去るべきか』といふ事を考へる事になつて来た」と書いている。「硝子窓」においても、ほかのいっさいをそのままにして自分だけ忙しく働いて、何も考えないで一生を送りたい、と書いてそのあとに、「然《しか》し、然し、時あつて私の胸には、それとは全く違つた心持が卒然として起つて来る。恰度《ちようど》忘れてゐた傷の痛みが俄《にわ》かに疼《うず》き出して来る様だ。抑へようとしても抑へきれない、紛《まぎ》らさうとしても紛らしきれない」と書いている。

そのような、二重生活からくる悩みに解決の方向と手段を与えてくれたのが幸徳事件だったのである。それは、「我等の一団と彼」が書きはじめられるころ発覚し、啄木の思想に大きな影響を与えた。啄木は急速に社会主義的な考え方をするようになり、それは、「性格、趣味、傾向を統一すべき一鎖鑰《さやく》」となったのである。

高橋は、批判のない場所にしか安らぎをみつけることができなかった。そこから抜け出し、理想実現のために実行に踏み出そうとする積極性は、現実変革の正しい理論と方法がなければならない。啄木はいま、社会主義によって、それを獲得した。「我等の一団と彼」から大きく前進した「時代閉塞の現状」が書かれたのは、二か月あまりたった明治四十三年八月下旬だったのである。

# 一握の砂

近代歌人の中で、啄木ほど長い期間にわたって、多くの読者をもち続けた歌人はない。啄木の歌が多くの人々に親しまれてきたのは、なぜだろうか。

## 啄木短歌の大衆性

啄木の苦しみが、啄木以後今日まで、わたしたち大衆がなめなければならなかった苦しみである、ということが大きな理由として考えられる。長い時代が過ぎ、社会が変わっても、啄木が悩み、苦しみもがいた現実の桎梏《しっこく》は、すっかり取り払われたわけではない。そこから受ける苦しみ、悩みを、わたしたちは啄木の歌に見いだして共感するのである。そのほか、啄木短歌の大衆性は、日常生活に密着した生活感情を素直《すなお》にうたっていること、小学生や中学生でもわかる平易なうたい方、おもしろさがあること、うたわれた対象の広範なおもしろさ、などからきている。啄木の短歌にはまた、他の歌人の歌にはみられない小説的なおもしろさがある。

啄木短歌の小説性ということに注目したのは、福田清人先生であった。先生は、「啄木の歌が私になつかしいのは……一首又《また》は連作的の系列歌から小説的イメージをわかせてくれるせいからである」(「啄木の影」)と書いておられる。またある啄木に関するアンケートに答え、興味あるものとして、「短歌の小説性」をあ

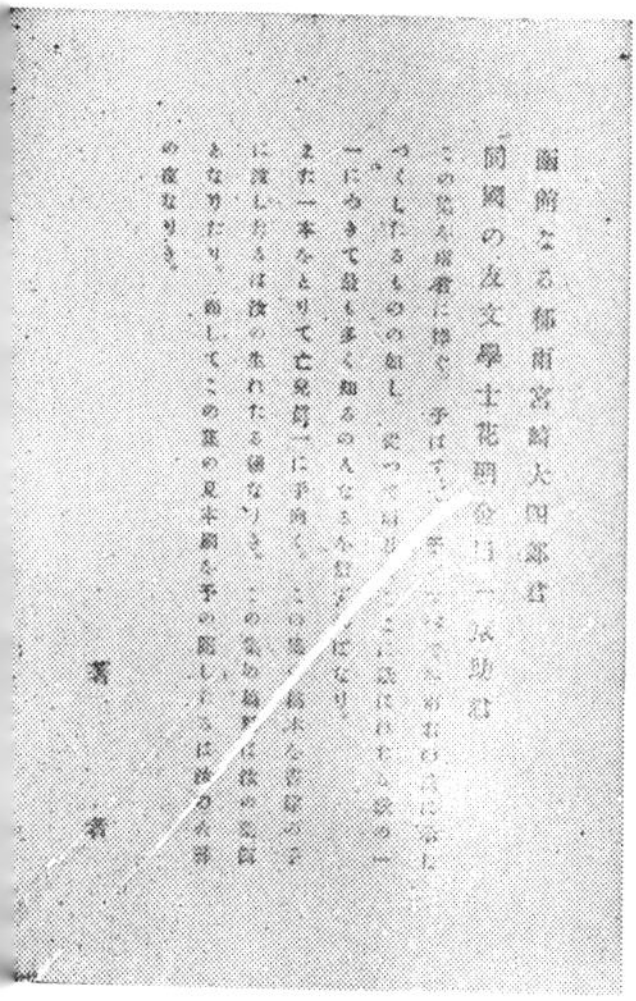
函館なる郁雨宮崎大四郎君
同國の友文學士花明金田一京助君
著者

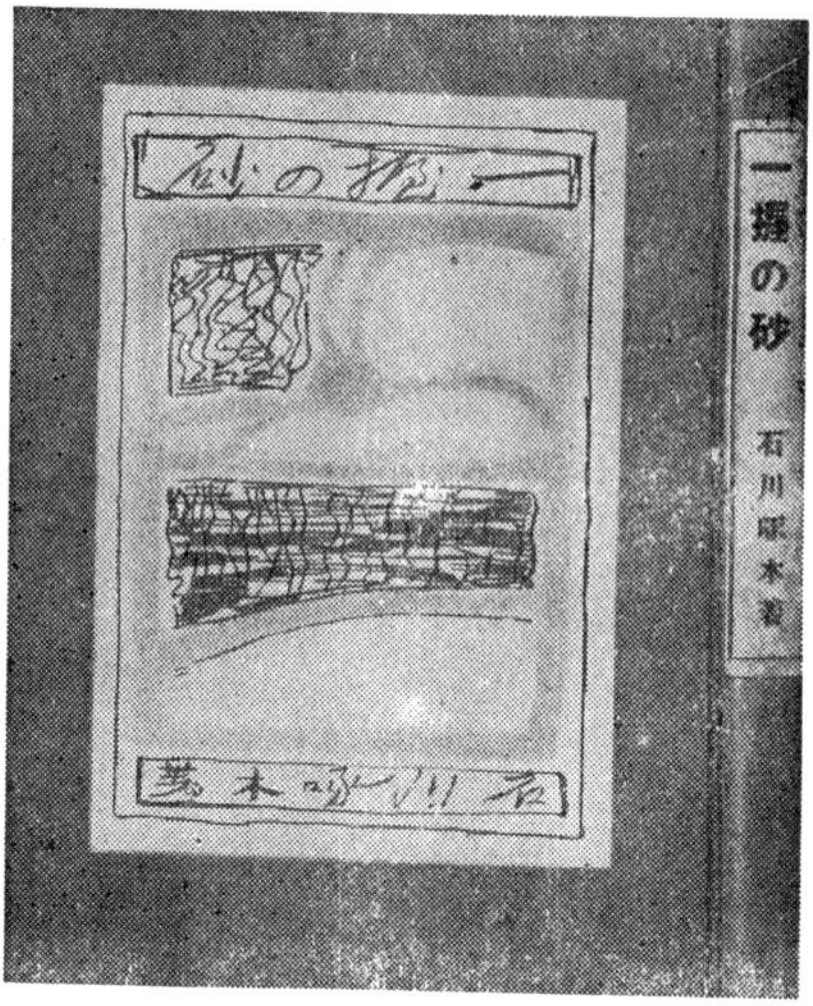


『一握の砂』の表紙と献辞

げておられる。
啄木短歌の小説的な性格は、いくつか考えられる。

朝はやく
婚期を過ぎし妹の
恋文めける文を読めりけり

宗次郎《そうじろう》に
おかねが泣きて口説《くど》き居り
大根の花白きゆふぐれ

かの家のかの窓にこそ
春の夜を
秀子とともに蛙《かわず》聴きけれ

これらの歌は、『一握の砂』から任意に抜き出したものであるが、これらの歌にうたいあげられている情景は、一つの短編小説にも匹敵する内容をもっている。もちろん、これらの短歌は、そのもられた内容の豊富さ、従来になかった斬新《ざんしん》さにもかかわらず、短詩型文学のもつ制約を越えるわけにはいかなかったが、啄木においては、形式の破壊とともに、その内容においても、近代短歌史上希有の革命が遂行されたことは事実である。

それは、『一握の砂』当時の啄木が短歌を軽視する立場にあり、小説を一心に書き続けるがついに認められず、自虐《じぎゃく》的な態度で歌をつくったこととあいまって、歌をつくるのに自然に小説的な発想をし、それが新しい短歌を生んだ、といえる。

一首一首が小説的だ、ということと同時に、連作的系列の歌が、小説的イメージをわかせてくれる、と福田先生は書いておられる。その理由は、『一握の砂』の「我を愛する歌」「煙」「秋風のこころよさに」「忘れがたき人々」「手套を脱ぐ時」とわけられた各章が、それぞれまとまった内容をもち、ドラマティックな発展がある、ということに求められる。さらに、『一握の砂』全体が一つのまとまりのある内容をもつ。それは、小学校、中学校、代用教員、北海道流浪《るろう》、そして上京後の苦しい生活と、かれの生活の大部分をおおい、波瀾《はらん》に富んだひとりのインテリの苦悩にみちた生涯を描きだしているのである。

啄木の短い生涯は、早熟な恋愛と結婚、天才的な風貌《ふうぼう》、貧困と放浪という悲惨な生活として伝説化され、伝えられてきた。この生涯が、啄木の回想的・日記的な意味をもつ短歌とかさね合わせられ、ドラマティックな小説を読むようなおもしろさを読者に与える。そしてそれは、啄木の伝記の普及とあいまって、短歌としては無類のリアリティをもつ。

また、かれの短歌が、単なるセンチメンタルなものに終わらないのは、そこに小説的な思想の表白をみることができるからである。たとえば、『一握の砂』の巻頭におかれた「東海の小島の磯の白砂に……」の歌などに端的に示される敗北的浪漫主義は、明治浪漫主義小説の一面を継承して、二葉亭四迷《しめい》や森鷗外の小説との関連において考えられるほどの高く美しい結晶として注目される。『浮雲』や『舞姫』の主人公たちが、近代的自我にめざめながら、古い封建的な習慣や人間関係において敗北していかなければならなかった苦しみが、『一握の砂』には凝結したかたちで示されている。

大海《だいかい》にむかひて一人
七八日《ななようか》
泣きなむとすと家を出でにき

砂山の砂に腹這《ば》ひ
初恋の
いたみを遠くおもひ出づる日

などの歌も、そのような意味で考えることが必要である。

## 大衆性の意味

啄木短歌の大衆性は、その小説的な性格と大いに関係がある。それでは、その小説性のよってくるゆえんは何だろうか。

問題は、小説を書きたかったが書けなくて短歌をつくった。だからかれの短歌は小説的なのである、というごとく単純なものではないが、小説的な発想、対象の小説的な分析、とらえ方、内容が動的で豊富であることなどは、上京後、苦心惨憺《さんたん》して小説を書き続けることによって養われた啄木の主体と密接な関係がある。また、啄木の書いたいくつかの小説は、晩年の「我等の一団と彼」、及び初期の「雲は天才である」を除けば、だいたいにおいて自然主義的リアリズムを踏襲するものであり、文学史的にも、いままでほとんどかえりみられなかったが、『一握の砂』は、そのモチーフとテーマにおいて、かれの自然主義的な小説の系列にあることは注目すべきである。

「食ふべき詩」の次の一節は、啄木の短歌を考えるとき、重要である。かれはそこで、新しい詩の「真の精神」として〝食うべき詩〟を提唱している。〝食うべき詩〟とは何か、「謂《い》ふ心は、両足を地面に喰つ付けてゐて歌ふ詩といふ事である。実人生と何等の間隔なき心持を以《もつ》て歌ふ詩といふ事である。珍味乃至《ないし》は御《ご》馳走《ちそう》ではなく、我々の日常の食事の香の物の如く、然《しか》く我々に『必要』な詩といふ事である。」

これは啄木のいうごとく、「我々の生活に有つても無くても何の増減のなかつた詩を、必要な物の一つにする」ことであり、「詩の存在の理由を肯定する唯一つの途」であった。そしてこれは、詩歌における自然主義の主張の一つの結果である。『一握の砂』は、この主張の主張であった。

啄木の自然主義的な小説は多くの読者をもつことがなかった。同じ主義、主張によって書かれた短歌が、多くの読者をもつようになったのは、なぜだろうか。

当時の文壇は、田山花袋の『蒲団《ふとん》』が成功し、その亜流の告白的・暴露的な自然主義小説が跋扈《ばっこ》していた。そこに啄木は、自然主義にある不満を抱きながらも、そのリアリズムを踏襲した作品である「赤痢」「足跡」「鳥影」「道」などをもって登場しようとした。しかしそれらの作品は、文壇から一顧《いっこ》だにされなかった。その大きな理由は、非告白性にある。自然主義文学者たちが、勇敢にたたかった「家」の問題にしても、啄木はそれを作品の題材としてはとりあげなかった。自己にかかわる暗い側面をテーマとしてとりあげ、大胆に告白するだけの勇気を、啄木はもたなかった。というより、かれの自尊心がそれを許さなかったのである。

それがわざわいして、告白的な自然主義文学が主流であった当時の文壇に、啄木はのれなかった。が短歌の世界では事情がちがう。ここには、啄木の赤裸々な心の姿が、そのまま投げ出されている。むきだしの弱き自我を、大胆に表現している。そうして『一握の砂』は、小説よりもかれの自然主義期をつぶさに代表する作品になったのである。

『一握の砂』に代表される啄木の短歌は、かれの自然主義期の所産であり、そこでかれは小説ではなさなかった告白を行なっている。『一握の砂』を初めから読み進める者は、そこにドラマティックに生きた啄木の姿をみるであろう。小説が、さまざまな人間の行動、思想を通して問題を追求して行くごとく、一首一首に凝結され、そしてそれが関連しながら発展して行く歌集に、それが端的にあらわれるのである。短歌が、三十一文字で完成されるものならば、他の作品と結びついて読者にいっそうの興味を与えることが、その短歌のすぐれているゆえんにならないかも知れないが、とにかく啄木の生涯が、悲劇的な生活が、人間像が、そこには浮き彫りにされる。

## 啄木における短歌の意味

啄木が、苦しい北海道流浪から、「新しき文学的生活」を求め、自分の運命を「極度まで試験する決心」で上京したのは、明治四十一年四月であった。東京に着いた啄木は、盛岡中学校時代の先輩金田一京助の好意でその下宿に落ち着いて、専心創作に従う生活にはいり、自然主義的な小説を次々と書き、友人をわずらわして奔走《ほんそう》したけれども売れなかった。小説を書けば、それで生活ができるだろうというかれの考えは甘かった。生活は、金田一京助と宮崎郁雨らの援助でかろうじて成りたっていた。上京後一か月余で、創作生活は失敗、生活は困窮をきわめ、死ぬか生きるかの追いつめられた悶《もん》々の生活が続いた。

そのような絶望的な生活の中から、啄木に短歌がよみがえってきた。かれは、盛岡中学時代から短歌をつくり、「明星」にも発表し、新進歌人として注目されたが、その後かれの文学的野心は詩に移り、小説に移って、短歌をつくることからは離れていった。わずかに、雑誌「小天地」を盛岡で発行した時代と北海道時代につくられただけである。それが、いま生活に敗れたとき、忽然《こつぜん》と歌興がよみがえって来たのだった。歌をつくることに、何の意味も認めることができないままに、自虐《じぎゃく》的に歌をつくったのであった。啄木は、そのときの心境を、「私は小説を書きたかつた。否《いな》、書くつもりであつた。又《また》実際書いても見た。さうして遂《つい》に書けなかつた。其時、恰度《ちょうど》夫婦喧嘩《げんか》をして妻に敗けた夫が、理由もなく子供を叱《しか》つたり虐《いじ》めたりするやうな一種の快感を、私は勝手気儘《きまま》に短歌といふ一つの詩形を虐使する事に発見した」（「食ふべき詩」）と書いている。

「予が自由自在に駆使することの出来るのは歌ばかりかと思うと、いい心持ではない」と啄木はローマ字日記に書いている。かれは小説を、生活を、その他不便を感じているすべてのものを自由自在にしたかった。しかし結局、自由にできるのは何の価値も認めることのできない歌だけであった。

啄木の短歌蔑視《べっし》は自然主義的な考え方に傾いていた文学観から生まれてきた。当時の啄木は、短歌に何の意味も認めることができず、それは「有つても無くても可い」ものであった。ただ、生活に行き詰まったとき現実の桎梏《しっこく》がどうしようもないとき、八つ当たり的に短歌をつくり続けた。

かれの短歌蔑視は、「スバル」第二号を、担当でかれが編集したとき、短歌を全部小さな活字で組んで、平野万里と衝突するという事件となってあらわれた。啄木は、その消息欄に、平野の抗議に答えて、「小生の時々短歌を作る如《ごと》きは或意味に於《お》て小生の遊戯《ゆうぎ》なり」とし、口語詩・小説などについての意見を発表しようとしたが、紙面の都合で、「僅《わず》かに短歌を六号活字にしたる事によりて自ら慰めねばならぬなり」と書いている。

このように、明治四十二年から四十三年にかけて、啄木は短歌に対して否定的な立場にたっていた。そして皮肉にも、啄木は、蔑視し、積極的な意味をみつけることができなかった短歌によって認められたのであった。現在まで、啄木の作品のうちで、最も広く読まれ、人々に親しまれているのは、『一握の砂』及び『悲しき玩具』の両歌集であって、自己の運命をかけた小説は、その文学的な意味よりもむしろ啄木の小説であるということで、わずかに読まれ、論じられているにすぎない。それが妥当であるかどうかは別として、『あこがれ』『呼子と口笛』の詩人としてよりも、また「時代閉塞の現状」に代表され、さらに幸徳事件に示された透徹した、すぐれた評論家としての仕事よりも、歌人としての啄木は広く知られ、認められているのである。

## 『一握の砂』の成立

啄木が、上京後創作生活に敗れ、短歌をつくったのは、明治四十一年六月二十三日夜だった。その日、夜を徹してあくる日十一時ごろまでに百二十余首、さらに二十五日には夜の二時までに百四十一首の歌がつくられた。かれはその一部を「明星」「心の花」に載《の》せた。その後毎月のように啄木の短歌は雑誌、新聞に載るようになった。

明治四十二年三月、啄木は東京朝日新聞社へ就職した。そして四十三年九月、朝日歌壇が設けられ、啄木はその選者に選ばれた。そして皮肉にも、かれは歌人として認められていったのである。

啄木が朝日新聞に短歌を発表し、抜擢《ばってき》されて朝日歌壇の選者になることができたのは、当時同社の社会部長だった渋川柳次郎の好意による。そのいきさつを、渋川は次のように回想している。

「それはいつ頃のことだつたかよく記憶してゐませんが或日《ある》石川君が、僕の処へ歌を書いた原稿紙を二、三枚もつて来て「これをのせてくれませんか」と言ふのです。僕は勿論《もちろん》それまで、石川君が歌詠《よ》みだともなんとも思つてゐなかつたのですが、一つ一つ読んで見ると、全く風変りな面白い大胆な歌ばかり作つてあるので、「こりや面白い、これならのせよう」と言つてのせたのが、石川君の歌が『朝日』にのつた初めでせう。その歌も五六回のせたやうに記憶してゐます。それから或る日石川君を呼んで、『君が選をやるなら歌壇を復活させよう』と言ひますと非常にびつくりしたやうな顔をして喜んだことを記憶してゐます。そりや喜ぶ筈《はず》でせう。一流の歌人達さへ斥《しりぞ》けられてゐた『朝日』の歌壇の選をやらせられるのですから――そして『募集文も君勝手に書きたまへ』と言つて一切合切《いつさいがつさい》石川君にまかせたのです。」

啄木は、明治四十三年三月の東京朝日新聞に、「曇《くも》れる日の歌」と題して八回にわたって短歌を発表した。四月二日、渋川からその歌を讃《ほ》められ、できるだけの便宜を与えるから、自己発展をやる手段を考えるように、と激励された。そのころから啄木は歌集の編集にとりかかった。四月十一日に二百五十五首を収めた歌集の編集を終わり、「仕事の後」と名づけた。その理由を、翌日宮崎郁雨に手紙を書いて、「仕事の後！それで可《い》いぢやないか。つまり有つても無くつても可いといふわけだ。さうして一切の文学の価値と意義とは其処《そこ》にあると僕は思ふ」と説明している。また歌集を出版しようとした意図については、「ところが金がない。そこで僕は当然の努力をなすべく余儀なくされた。此間から清書しておいた歌の原稿を以《もっ》て春陽堂へ行つた。十五両にはするつもりだつたのだ」と書いている。つまり啄木は、自分にとって何の価値もない歌集を、金が欲しかったので出版しようとしたわけである。

歌集「仕事の後」は、春陽堂に出版を依頼したが断わられたため、そのままになっていたが、明治四十三年十月、東雲堂に依頼、西村陽吉の好意で出版されることになった。東雲堂から稿料二十円を得たのは、長男真一が生まれた明治四十三年十月四日であった。長男の誕生にそなえて金が必要になり、一時中断していた歌集の出版を東雲堂に交渉したのであろう。友に「『一握の砂』が産婆の役をつとめたる次第《しだい》に候」と書き送っている。

啄木は、東雲堂に原稿を渡すに当たって、書名を『一握の砂』と改め、「仕事の後」から三、四十首をけずり、七、八十首を新たに加えた。歌数五百四十三首、一首を三行に分かち書きし、一ページ二首で二百八十六ページに編集しなおし、十月十一日ごろ原稿は書店に渡された。一首を三行に分かち書きすることは、土岐哀果のローマ字歌集『NAKIWARAI』からの思いつきであった。西村陽吉宛の手紙には「心ありての試みに御座候」と書いている。

『一握の砂』の稿料は長男真一の出産費になったが、真一は生まれながら虚弱で、この世に生きることわずかに二十四日、十月二十二日にこの世を去った。啄木は、妹光子に、「長男真一が死んだ、昨夜は夜勤で十二時過に帰つて来ると、二分間許《ばかり》前に脈がきれたといふ所だつた、身体《からだ》はまだ温かかつた、医者をよんで注射をさしたがとう〳〵駄目だつた、真一の眼はこの世の光を二十四日間見た丈《だけ》で永久に閉ぢた」とその悲しみを報じている。『一握の砂』の見本刷を見たのは、十月二十九日、真一の火葬の夜だった。かれは、

夜《よる》おそく
つとめ先より帰り来て
今死にしてふ児を抱けるかな

かなしくも
夜明くるまでは残りゐぬ
息きれし児の肌のぬくもり

など、愛児真一の死をいたむ歌八首をこの歌集の最後に加え、総歌数は五百五十一首になった。製本は十二月の初めにできた。「我を愛する歌」「煙」「秋風のこころよさに」「忘れがたき人々」「手套を脱ぐ時」の五章からなり、扉に宮崎郁雨・金田一京助・亡児真一への献辞がある。序文は啄木を朝日歌壇の選者に選んで啄木の歌に好意を寄せていた渋川柳次郎（藪野椋十）、表紙画は名取春僊《しゅんせん》が書いた。

## 特色

歌集の初めに、「明治四十一年夏以後の作一千余首中より五百五十一首を抜きてこの集に収む」と書かれているように、明治四十一年六月以後の作が収められているが、八割以上が明治四十三年につくられたものである。したがって、明星的な浪漫的な歌も少し含まれているが、大部分は啄木によって初めてきりひらかれた新しい歌によって構成されている。

啄木は、明治四十二年十一月、「食ふべき詩」において、「『我は文学者なり』といふ不必要な自覚が、如《い》何《か》に現在に於て現在の文学を我々の必要から遠ざからしめつゝあるか」をつき、次のように書いている。「即《すなわ》ち真の詩人とは、自己を改善し自己の哲学を実行せんとするに政治家の如き勇気を有し、自己の生活を統一するに実業家の如き熱心を有し、さうして常に科学者の如き明敏なる判断と野蛮《やばん》人の如き卒直なる態度を以て、自己の心に起り来る時々刻々の変化を、飾らず偽らず、極《きわ》めて平気に正直に記載し報告するところの人でなければならぬ。」

このような主張はもちろん啄木の作歌態度を変え、『一握の砂』を選ぶに当たって、『明星』的な空想の多い歌を除き、明治四十三年になってからつくられた生活感情をすなおにうたったものが多くとられるようになった。「食ふべき詩」の考えは、さらに「一利己主義者と友人との対話」「歌のいろ〳〵」などに発展し、『悲しき玩具』に結晶する。『一握の砂』は、その意味ではむしろ過渡期の作品ということができるだろう。

『一握の砂』の歌は、生活の不合理と、苦闘から解放されず、ふるさとを思い、函館を思い、橘智恵子への空想の恋を楽しむことによって精神の自由をわずかに得るという、自虐的・逃避的な感情から生まれてき

たものだった。「煙」「忘れがたき人々」に収められた歌は、故郷および北海道流浪中の回想歌であるが、たとえば巻頭の、

東海の小島の磯の白砂に
われ泣きぬれて
蟹《かに》とたはむる

という歌のように、絶望的な生活の中から、ふと函館時代に散策した大森浜を思いおこし、その感情をいつわらずにうたったというような短歌が多い。そしてそれは、決して啄木個人の特有な感情ではなく、日常だれでもふと思うことであり、それを短歌という形式で巧みに表現しているところに『一握の砂』の特色がある。

己《おの》が名をほのかに呼びて
涙せし
十四の春にかへる術《すべ》なし

などという歌に、その特色が最もよくあらわれているのである。

明治四十三年の「スバル」に載《の》った啄木の評論に「巻煙草《たばこ》」がある。かれはその中で、「浪漫主義は弱き心の所産である。如何《いか》なる人にも、如何なる時代にも弱き心はある。従つて浪漫主義は何時《いつ》の時代にも跡を絶つ事はないであらう。最も強き心を持つた人には最も弱き心がある」と書いている。ともすれば人間の、また時代の一面のみをみて判断しがちなわたしたちは、この啄木のことばをおろそかにすることはできない。

『一握の砂』は、かれの弱き心の所産であった。せわしい、苦しい生活の中でふるさとを思い、空想の恋を楽しむのは、弱き心から発することであり、『一握の砂』はその美しい結晶であった。

そしてその弱き心は、生活とたたかう強き心があってはじめて存在する。啄木は、『一握の砂』の成立の過程で、生活とたたかう思想を確立していった。「時代閉塞の現状」から、幸徳事件の証言者としてのすぐれた仕事は、かれの確固たる思想によって武装された強き心の所産であった。

この二つの心を関連あるものとしてとらえ、『一握の砂』を考えなければならない。そうすれば、〃泣く〃〃涙〃などの文字がひんぱんに出てくる『一握の砂』の歌を、単なるセンチメンタルな歌としてみるのはまちがいであることがわかるだろう。

# 悲しき玩具

## 出版の事情

啄木の生前刊行された歌集は『一握の砂』のみであり、第二歌集『悲しき玩具《がんぐ》』は、かれの死後二か月を経て明治四十五年六月に世に出た。

『悲しき玩具』は、友人の土岐哀果の奔走《ほんそう》で、啄木の処女歌集『一握の砂』を出した東雲堂から出版されることになったが、哀果はそのいきさつを後記に次のように書いている。

「石川は死んだ。それは明治四十五年四月十三日の午前九時三十分だつた。その四五日前のことである。金がもう無い、歌集を出すやうにしてくれ、とのことであつた。すぐさま東雲堂へ行つて、やつと話がついた。うけとつた金を懐《ふところ》にして電車に乗つてゐた時の心持は、今だに忘れられない。一生忘れられないだらうと思ふ。

石川は非常によろこんだ。氷嚢《ひょうのう》の下から、どんよりした目を光らせて、いくたびもうなづいた。しばらくして、『それで、原稿はすぐ渡さなくてもいいだらうな、訂《なお》さなくちやならないところもある、癒《なお》つたらおれが整理する』と言つた。その声はかすれて聞きとりにくかつた。『さうか』と、しばらく目を閉ぢて無言でゐた。

『それでいいが、東雲堂へはすぐ渡すといつておいた』と言ふと、『さうか』と、しばらく目を閉ぢて無

やがて枕もとにゐた夫人の節子さんに、『おい、そのノートをとつてくれ、――その陰気な』とすこし上を向いた。ひどく痩《や》せたなアと、その時僕はおもつた。

『どのくらゐある？』と石川は節子さんに訊《き》いた。一頁に四首づつで五十頁あるから四五の二百首ばかりだと答へると、『どれ』と、石川は、その、灰色のラシヤ紙の表紙をつけた中版のノートをうけとつて、ところどころ披《ひら》いたが、『さうか。では万事よろしくたのむ。』と言つて、それを僕に渡した。」

啄木は、この歌稿ノートを土岐哀果に託して数日後不帰の客となったので、哀果の手で出版の仕事が進められた。ノートには、「一握の砂以後明治四十三年十一月より」とあったので、啄木は、「一握の砂以後」と名づける予定だったが、それでは『一握の砂』とまぎらわしいという東雲堂の意見で、「歌のいろ〳〵」の最後にある「歌は私の悲しい玩具である」という文章から、『悲しき玩具』という表題が選ばれた。哀果はさらに、遺品の中から発見された

呼吸《いき》すれば、

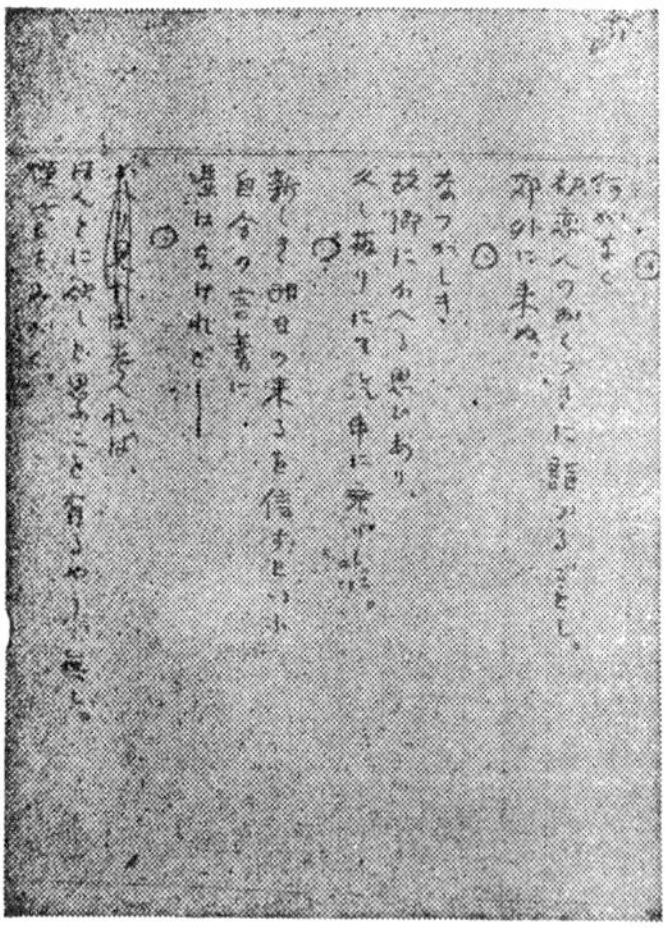

『悲しき玩具』表紙と啄木の筆跡

胸の中《うち》にて鳴る音あり。
凩《こがらし》よりもさびしきその音！

眼閉づれど、
心にうかぶ何もなし。
さびしくも、また、眼をあけるかな。

などを加え、総歌数百九十四首に編集した。そして、感想「一利己主義者と友人との対話」「歌のいろ〳〵」を収め、四六判百三十九ページの歌集になった。

『悲しき玩具』に収められた歌は、遺品の中から発見して収められた「呼吸すれば……」などが最晩年のもので、明治四十四年の秋から冬にかけてつくられたものと推定されるので、明治四十三年十一月からほぼ一年間につくられたものである。『一握の砂』が、一千余首の中から四百五十一首採《と》るという厳選ぶりだったのに対して、『悲しき玩具』では、雑誌・新聞に発表された歌が、ほとんど収録されている。これは、『一握の砂』時代、ことに明治四十一年、四十二年のころのように、せき止められていた水が、一時に流れだしたように歌をつくることがなくなったからである。その時代は、いまだ啄木独自の歌風が確立せず、「明星」的な歌が多かったから、歌集を編《あ》むに当たって、その多くが捨てられたのだった。明治四十三年以後、独自の歌風を確立し、また一年間の歌の量が少なく、そのうえ経済的な事情から、早く出版したく、一つの歌集を編むのに多く捨てられない、ということもあった。

## 『悲しき玩具』の基調

この時代の啄木の短歌観は、「一利己主義者と友人との対話」「歌のいろ〳〵」に明確にいいあらわされている。そこで啄木は、「忙しい生活の間に心に浮んでは消えてゆく刹那《せつな》々々の感じを愛惜《せき》する心が人間にある限り、歌といふものは滅びない」、歌は、「その刹那々々の生命を愛惜する心を満足させることが出来る」(「歌のいろ〳〵」)といい、また、「一生に二度とは帰つて来ないいのちの一秒だ。おれはその一秒がいとしい。たゞ逃がしてやりたくない。それを現すには、形が小さくて、手間暇《てまひま》のいらない歌が一番便利なのだ」(「一利己主義者と友人との対話」)といっている。

かれは、〝いのちの一秒〟がいとしく、それを記録すべく短歌をつくった。「食ふべき詩」において、すでに、「詩は所謂《いわゆる》詩であつては可《い》けない。人間の感情生活の変化の厳密なる報告、正直なる日記でなければならぬ。従つて断片的でなければならぬ」ということをいっているし、これは、明治四十三年以来実際に実行されてきたが、『悲しき玩具』時代になると、内容、形式ともにかれ自身の主張により忠実になってくる。『悲しき玩具』は、日常の生活史の一面――感情面が、かれの日記・手紙などよりも、もっとすなおに記載され、報告されているのである。

そしてそこに報告されている感情生活は、やりきれなくなるほど暗いものである。『一握の砂』時代に色濃かった浪漫性・感傷性は完全に失われ、リアルになっている。若いみずみずしい情熱が失われている。

よごれたる手をみる――
ちやうど
この頃の自分の心に対《むか》ふがごとし。

よごれたる手を洗ひし時の
かすかなる満足が
今日の満足なりき。

どうかかうか、今月も無事に暮らしたりと、
外に欲もなき

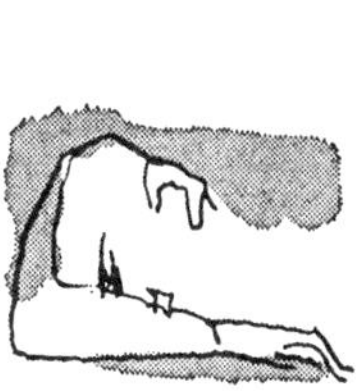

晦日《みそか》の晩かな。

これらの歌に、二十六歳の青年の情熱は全く感じられない。中野重治は、『一握の砂』『悲しき玩具』を通じてこれらの歌を、「ほとんどすべての作品を色どるものが一貫して諦《あきら》め、投げやり、やけくそ、ある種の自嘲《じちよう》である」と評している。

これは、幸徳事件以後の啄木の絶望的な苦闘との関連において考えなければならないことである。ちょうど、『一握の砂』と『悲しき玩具』とのあいだに幸徳事件があって、啄木の思想は大きく前進する。が、それは、生活、食うべき詩、自然主義批判、その他大小さまざまな問題を未解決のままで、当時の民衆の意識からかけはなれ孤立したところでの飛躍的な前進であった。社会主義は、革命の思想として、現実変革の手段をともなって、はじめて健全で強くなることができるが、啄木の場合、病気であることが手伝って、実践に身を投ずることができなかった。そこに、前半世からの小市民的な感情があらわれ、いろいろな矛盾があらわれる。思想的には、

友も妻もかなしと思ふらし——
病みても猶《なお》、
革命のこと口に絶たねば。

新しき明日の来るを信ずといふ
自分の言葉に
嘘《うそ》はなけれど——

などの歌にあらわれるように、病床にあっても自分の思想に確信をもって友と議論もするが、現実はあまりにも暗く、きびしいことを認識しなければならない。

やや遠きものに思ひし
テロリストの悲しき心も——
近づく日のあり。

これは、現実変革がもはやテロルによってしか行なわれないのではないかという絶望的な発想である。時代の行き詰まりの状態をするどく分析し、怨敵《おんてき》をみきわめ宣戦布告をしたのは、明治四十三年九月であった。しかし、かれは幸徳事件の経過と結果をつぶさにみて、新しい思想、明日の社会への考察をすべて禁じようとする明治天皇制国家の行き方、それに対する民衆の意識の低さに絶望しなければならなかった。革命勢力・民主勢力の弱い中で、啄木はさらに孤立し、その絶望が、かれの強靱《きょうじん》な思想によって克服され、払《ふっ》拭《しょく》されなかった小市民的な感情と結びつき、日常の生活感情にあらわれた。『悲しき玩具』は、その絶望と、小市民的な感情が主調となっている。『呼子と口笛』に収められた「家」などにも通じるものである。

幸徳事件の終結以後、啄木はその暗い、絶望的な状況の中で、精一杯の実行を企てる。かれは、「樹木と果実」という雑誌を、死ぬ気でやろうとし、それに人民の中へという思想の実践を託した。が、それは一号も出さないうちに失敗した。そしてすべての実践が奪われてしまったとき、かれはその思想を捨てなかったけれども、〝時機を待つ人〟であるよりほかはないと思うにいたる。そこでは、「時代閉塞の現状」に示され、幸徳事件の証言者として示されたかれの思想は、観念的になり、革命の思想としての強さを失っていった。そして、しだいに思想的な強さが失われて行くにしたがって、絶望が大きくなり、啄木は短歌もつくれない人になっていった。

## 悲しき玩具に向かう心

『悲しき玩具』は、当時の微弱な革命勢力の中で、孤立してたたかった啄木が、敗北して行く過程で、弱き心をうたったものだった。かれの敗北は、一直線に下向していくというものではなく、苦しみ、たたかい、そして観念的にいよいよ強く国家権力と対立するようになるけれども、実践を奪われて敗北するのであった。『悲しき玩具』の中には、弱い、絶望的な表白の中に、啄木の強靭《きょうじん》な、『一握の砂』にみられない思想的な高みをみることができる。たとえば、百姓の多くは酒をやめしといふ。
もっと困らば、
何をやめるらむ。

という歌がある。これは、明治四十四年二月の雑誌「創作」に発表され、のち歌集に収められたものであるが、飲みたい酒すら飲めない当時の農民の苦しさを思いやり、「何をやめるらむ」という表現に、農民をそのように追いつめた社会への怒りをうたっているものである。『一握の砂』中の

はたらけど
はたらけど猶《なお》わが生活《くらし》楽にならざり
ぢっと手を見る

という歌と同じように、働くものの生活の苦しみをうたったものだが、『一握の砂』では、「ぢっと手を見る」という個人的な問題に貧しさの根元を求めているのに対して、『悲しき玩具』の時代になると、社会全体の問題、社会組織・経済組織、そして政治組織の問題として提出され、怒りがなげかけられている。ここにも個人主義的なものから社会主義的な思考への発展がみられる。同じようなことは、『一握の砂』の

平手《ひらて》もて
吹雪にぬれし顔を拭《ふ》く
友共産を主義とせりけり

という歌と『悲しき玩具』中の、

友も妻もかなしと思ふらし――
病みても猶《なお》、
革命のこと口に絶たねば。

という歌のちがいにもみられる。前者は、北海道流浪中に会った共産主義者を回想した歌だが、後者ではこの傍観的態度は失われ、自分自身の問題としてうたわれている。
しかし、全体として『悲しき玩具』は、絶望の表白であって、ここに思想的な強靱さを求めることはできない。あくまでも、「弱き心」の所産であって、そこにこの歌集の特色があり、文学史的な価値がある。幸徳事件の経過とその後の暗い時代に、その事件の証言者としてのすぐれた仕事をし、しきりに革命を思い実践を志向し、「時代閉塞の現状」を書き、『呼子と口笛』をつくった啄木に、この心の弱さがあり、それが文

学的に形象されたところに意味があるのである。選ばれて歌集の表題になった〃悲しき玩具〃ということばは象徴的である。

啄木はいう。「私の不便を感じてゐるのは歌を一行に書き下す事ばかりではないのである。しかも私自身が現在に於て意のまゝに改め得るもの、改め得べきものは、僅《わずか》にこの机の上の置時計やインキ壺《つぼ》の位置とそれから歌ぐらゐなものである。謂《い》はゞ何うでも可《い》いやうな事ばかりである。さうして其他の真に私に不便を感じさせ苦痛を感じさせるいろ〳〵の事に対しては、一指をも加へることが出来ないのではないか。否《いな》、それに忍従《にんじゅう》し、それに屈伏《くっぷく》して、惨《いた》ましき二重の生活を続けて行く外に此の世に生きる方法を有《も》たないではないか。自分でも色々自分に弁解しては見るもの丶、私の生活は矢張現在の家族制度、階級制度、資本制度、知識売買制度の犠牲である。」そして啄木は、この「歌のいろ〳〵」という感想を、「目を移して、死んだもののやうに畳の上に投げ出されてある人形を見た。歌は私の悲しい玩具である」と結んでいる。

この文章を読めば、「弱き心の所産」である『悲しき玩具』の啄木における意味がわかる。また、かれが「本当のところはおれに歌なんか作らせたくない」(「一利己主義者と友人との対話」)、「僕にとつては、歌を作る日は不幸な日だ」(明治四十四年一月九日付瀬川深宛書簡)といっていることの意味がわかるだろう。

## 啄木短歌の生命

近代的自我にめざめた民衆が、その自我を生きようとすれば、必ず障壁として現われる社会の諸制度、その理不尽《りふじん》を目《ま》のあたりにしても、民衆は、それにたちむかう術《すべ》を知らなかった。クロポトキンに学んだアナーキズムの思想から、科学的な社会主義思想を模索していた啄木にしても、そのすみずみまで行きとどいた国家権力の支配を当面の敵としたとき、積極的な実践への志向を示すけれども、結局思うように進まず、強権の支配に対しては「一指をも加へる」ことができない。その絶望的な敗北を意識したとき、〝悲しき玩具〟に自嘲的に向かわなければならなかったところにこそ、啄木短歌の、そうして啄木の志向した問題の核心がある。

　啄木短歌におけるなみだやかなしみやノスタルジアは、真にかれのものであった。それは、近代的な自我を生きることをはばむ「現在の家族制度、階級制度、資本制度、知識売買制度」などの真に不便を感じている現実の障害に対しては「一指をも加へる」ことができず、「惨ましき二重の生活」を続けていかなければならないところから生まれたものである。ゆえにそれは、ただ啄木だけのものにとどまらず、社会組織・経済組織その他の欠陥が、自我の生を梗塞《こうそく》するものであることを自覚した民衆のものであった。その感傷の素因を、啄木が否定したごとく、民衆も否定しなければならなかったはずである。けれども、それは啄木が否定することができなかったように、かれ以後の民衆も否定しさることができなかった。

　啄木は、「一切《いっさい》の空想を峻拒《しゅんきょ》して、其処《そこ》に残る唯一つの真実――『必要』！　これ実に我々が未来に向つて求むべき一切である。我々は今最も厳密に、大胆に、自由に『今日』を研究して、其処に我々自身にとつての『明日』の必要を発見しなければならぬ。必要は最も確実なる理想である」（「時代閉塞の現状」）と書いている。しかし、この「最も確実なる理想」は、いまですら真にわたくしたちのものになっていない。まじめに生きようとすればするほど、わたくしたちは社会的な欠陥に悩み、苦しまなければならない。

それが、啄木短歌がいまも大衆に愛唱されている理由の一端になっている。もし民衆が社会的な梗塞《こうそく》を払拭《ふっしょく》し、「確実なる理想」を実現すれば、民衆から自然に忘れられ、大衆性を失って行くだろう。いいかえれば、啄木の短歌は、民衆があらゆる社会的な梗塞から解放され、民衆によって民衆の理想が確立されるまで、その大衆性を失わないであろう。

## 時代閉塞の現状

「時代閉塞の現状」は、日本近代文学の歴史における啄木の文学的・思想的到達点の高みを示すものである。啄木に、もし『一握の砂』がなくとも、また『呼子と口笛』「雲は天才である」がなくとも、「時代閉塞の現状」という短い文章一つで、かれは文学史に、高くするどい批評精神をもった評論家として名をとどめたであろう。

### 評論家としての啄木

しかし、ほかにも「きれぎれに心に浮んだ感じと回想」「食ふべき詩」から断片的な感想文などに示される透徹した批評精神にもかかわらず、評論家としての啄木は、生前不当に黙殺されていた。かれの小説や、短歌や、詩もかならずしも正当に評価されなかったが、評論家としての啄木は、ことさらに過少評価されていた。それは、生前のみでなく、かれの死後もそうだった。薄幸の天才詩人啄木として、東海の小島の磯に泣きぬれる感傷詩人として世に迎えられ、同情され、愛されてきた。

啄木の不幸な生涯は、たしかに同情するに価《あたい》するであろう。しかし啄木は、精神的に、思想的に決して同情を許さない強さをもっていた。「時代閉塞の現状」に代表されるかれの評論家としての仕事が、それを証明している。

評論家としての啄木を、当時わずかに認めていたものは、土岐哀果らわずかの親しい友人だけにしかすぎなかった。大正末年、プロレタリア文学が興るにおよんで、中野重治の「啄木に関する一断片」と題する画期的な評論が書かれて初めて、革命的・先駆的な評論家としての啄木が評価された。しかしそれは、啄木の幸徳事件関係の発言や、その事件の本質にふれることのできない、また啄木の日記が刊行されていないというような制約の中での啄木評価であった。

したがって、啄木の本当の姿が、読者の前に明らかにされたのは、幸徳事件の研究が自由にできるようになり、啄木の膨大な日記が公にされた昭和二十年以後のことであった。これは、啄木の仕事が、明治天皇制国家とその後の日本の進んだ道を痛烈に批判する性質のものだったからである。啄木の不幸の素因は、病気や貧困よりも、むしろ自分の思想を当時にあって発表できなかったことである。

## 成立と発表

「時代閉塞の現状」は、明治四十三年八月下旬に書かれた。が、このような文芸評論すら、当時は発表を遠慮しなければならなくなっていたのである。この評論は、啄木逝いて十か月を経た大正二年二月、土岐哀果のほねおりで、東雲堂から刊行された『啄木遺稿』によってはじめて陽の目をみたのである。

明治四十三年八月は、啄木の思想、文学に大きな影響をおよぼした幸徳事件が進行中であった。啄木はこの事件に関連して、日記に、「六月――幸徳秋水等陰謀事件発覚し、予の思想に一大変革ありたり、これよ

りポツ〳〵社会主義に関する書籍雑誌を聚《あつ》む」と書いている。また、この年九月九日につくった歌に、

今思へばげに彼もまた秋水の一味なりしと知るふしもあり
秋の風我等明治の青年の危機をかなしむ顔撫《な》でて吹く
時代閉塞の現状を奈何《いか》にせむ秋に入りてことに斯《か》く思ふかな

などという、幸徳事件と、それによって引き起こされた重苦しい空気をうたったものがあり、当時東京朝日新聞社にいて、比較的早く、正確に事件の経過を知ることができた啄木が、大きな関心をもって、事件のなりゆきを見守っていたことがわかる。「時代閉塞の現状」は、この事件をふまえ、魚住折芦の「自己主張の思想としての自然主義」(明治四十三年八月二十二日付の東京朝日新聞に掲載)を批判するというかたちで書かれたものである。

幸徳事件は、啄木に決定的な影響を与えた。が、この事件がなかったならば、かれの晩年の思想的高みと、革命的な文学はありえなかったろうとみるのはまちがいである。「時代閉塞の現状」は、途中に試行錯誤《さくご》があったけれども、生活の中から学んだ、そして「卓上一枝」「きれぎれに心に浮んだ感じと回想」「食ふべき詩」「巻煙草」と発展してきた思想の上昇線上にあった。また、「雲は天才である」「鳥影」「我等の一団と彼」という小説の系列の一つの結論でもあった。

いずれにしても、この評論は、幸徳事件に触発されて偶然に生まれたものではなく、事件以前の啄木に、ここに発展すべき要素をみることは容易なのである。そのような前半の思想をふまえながら、サブタイトルに、「強権、純粋自然主義の最後及び明日の考察」とあるように、自然主義を、その社会的な梗塞と関連づけて徹底的に批判し、明日の考察に進むことができたのである。

## 自然主義批判

自然主義文学は、広く知られているように、家族制度との苦しいたたかいを続けた。島崎藤村を代表として、近代的自我にめざめ、その自我を生きようとするとき、大きな障害となってたちはだかる家の問題を積極的に文学の主題として描いた。

しかし、家の問題は、それを必要とし、強制する天皇制国家への批判を回避しての解決は不可能であった。自然主義文学者も、また耽美《たんび》派の作家も、ぎりぎりのところでの国家との対決をさけた。そのような中にあって、啄木は天皇制国家を怨敵《おんてき》として認識し、たたかった数少ない文学者のひとりであった。

「時代閉塞の現状」の批判の対象になった「自己主張の思想としての自然主義」において、魚住折芦は、自然主義が本来科学的・自己否定的傾向であるにもかかわらず、一面に自己主張の強烈な意志を混じているのは、共同の敵であるオーソリティをもっているからである、といっている。そして「今日のオーソリテイは早くも十七世紀に於《おい》てレピアタンに比せられた国家である、社会である。廟堂《びょうどう》に天下の枢機《すうき》を握つて居る諸公は知らぬ。自己拡充の念に燃えて居る青年に取つて最大なる重荷は之等《これら》のオーソリテイである。殊《こと》に吾等日本人に取つては一つ家族と云ふオーソリテイが二千年来の国家の歴史の権威と結合して個人の独立と発展とを妨害して居る」とそのオーソリティは説明される。

そしてこの論文は、淫靡《いんび》な歌や、絶望的な疲労を描いた小説によって、「自己拡充の結果を発表し、或は反撥《はんぱつ》的にオーソリテイに戦ひを挑《いど》んで居る青年の血気は自分の深く頼母《たのも》しとする処である」と、自然主義の積極的な意味を認めている。

これに対して啄木は、「我々日本の青年は未だ嘗《かつ》て彼《か》の強権に対して何等の確執をも醸《かも》した事が無いのである。従つて国家が我々に取つて怨敵となるべき機会も未だ嘗《かつ》て無かつたのである」と反論する。そして、国家という問題が青年の脳裡《のうり》にはいってくるのは、それが「個人的利害に関係する時だけ」であって一般には、当然敵とすべき者に服従している。「彼等は実に一切の人間の活動を白眼を以《もつ》て見る如く、強権の存在に対しても亦全く没交渉なのである――それだけ絶望的なのである」と書いている。

自然主義文学者は、家の重圧とたたかった。それはそれなりに意味があった。かれらが近代的自我を生きようとする自己主張の強烈な持主であって、家の束縛からのがれて自由に生きようとしたところに、日本の文学の近代はあった。しかしそれは、啄木の指摘するように、「強権の存在に対しても亦全く没交渉」なところにおいてのたたかいであったことを前提として認めなければならないことである。

実行と観照の問題にふれて、「純粋自然主義が其最初から限定されてゐる劃《かく》一線の態度を正確に決定し、其理論上の最後を告」げた、という啄木の批判は、全く正しい。

さらに啄木は、自然主義文学の行き詰まりと当時の文学的状況を分析し、それが〃時代閉塞〃の結果であることを論証する。時代閉塞の現状を個々の事実をあげて説明し、「我々青年を囲繞《いじょう》する空気は、今やもう少しも流動しなくなつた。強権の勢力は普《あまね》く国内に行亘《わた》つてゐる。現代社会組織は其隅々まで発達してゐる――さうして其発達が最早《もはや》完成に近い程度まで進んでゐる事は、其制度の有する欠陥の日一日明白になつてゐる事によつて知ることが出来る」と書いている。このような時代的な状況に対する認識から、必然的に次のような考え方に到達する。「斯《か》くて今や我々青年は、此自滅の状態から脱出する為《ため》に、遂《つい》に其『敵』の存在を意識しなければならぬ時期に到達してゐるのである。それは我々の希望や乃至《ないし》其他の理由によるのではない、実に必至である。我々は一斉に起《た》つて先づ此時代閉塞の現状に宣戦しなければならぬ。自然主義を捨て、盲目的反抗と元禄の回顧とを罷《や》めて全精神を明日の考察――我々自身の時代に対する組織的考察に傾注しなければならぬのである。」

『啄木遺稿』の表紙

この論文を書いている当時、啄木は幸徳事件の進行に刺激されて、急速に社会主義を自らの思想として確立していった。かれは、もはや文学の問題を、文学の世界に限定して考えることはできない立場にたっていた。そうして自然主義の行き詰りの原因が、当然敵としなければならない国家の問題を避けていることにあることを批判することができた。かれはすでに、「きれぎれに心に浮んだ感じと回想」において、自然主義文学者は、何の理想も解決も要求せずあるがままをあるがままにみるものだから、国家の存在と矛盾することはない、と主張する自然主義文学のイディオローグ長谷川天渓《てんけい》を批判して、「従来及び現在の世界を観察するに当つて、道徳の性質及び発達を国家といふ組織から分離して考へる事は、極めて明白な誤謬《ごびゅう》である」と書いている。この自然主義文学批判をさらに発展させて、その行き詰まりを社会主義的な方向に解決することを示唆《しさ》したのが「時代閉塞の現状」であった。

## 明日の考察

「明日の考察！　これ実に我々が今日に於て為すべき唯一である、さうして又《また》総《すべ》てである」という啄木は、その明日の考察を、いかなる方面にいかにして始めるかを考える。

明治四十年代までに、明治の青年たちが、青年自体の権利を認識し、自発的に自己を主張してきた高山樗牛らの個人主義、そのあとにくる宗教的欲求の時代、さらに純粋自然主義の失敗の例をあげながら、「即《すなわ》ち我々の理想は最早《もはや》『善』や『美』に対する空想である訳はない。一切《いっさい》の空想を峻拒《しゅんきょ》して、其処《そこ》に残る唯一つの真実――『必要』！　これ実に我々が未来に向つて求むべき一切である」といっている。さらに、理想をみつけたならば、その理想は、樗牛の個人主義の失敗にてらして、既成をそのままにしてその中に実現することはできないこと、既成を破壊して新しい社会に理想を実現しなければならない、というところまで説きすすめる。これは、文学は単なる空想によって創造されるものではなく、実社会に根をおろし、その反映であることを、「食ふべき詩」以来主張してきた啄木の当然行きつく結果であったろう。

文学の行き詰まりを救う方法は、いまや時代閉塞の具体的な状況を認識し、その素因になっている敵に宣戦を布告し、現実を変革する以外にない。明治四十三年八月に、啄木がこのような考え方に大きく傾いていったのは、かれが、社会主義を、ただ観念的に受けとめていただけでなく、現実変革の思想として確立していったことを示している。かれの思想は、「時代閉塞の現状」の中でだけの主張にとどまらず、積極的な実行へ移って行く。それは、かれが、「既《すで》に我々が我々の理想を発見した時に於て、それを如何にして如何なる処に求むべきか。『既成』の内にか。外にか。『既成』を其儘《そのまま》にしてか、しないでか。或は又自力によつてか、他力によつてか」と書いたとき、当然予想さるべきことであった。明治四十四年二月六日付の大島経男宛書簡においては、「現在の社会組織、経済組織、家族制度……それらをその儘にしておいて自分だけ一人合理的生活を建設しようといふことは、実験の結果、遂《つ》ひに失敗に終らざるを得ませんでした」という経験から、社会主義革命の実践にふみだそうとする抱負が語られる。土岐哀果とふたりで計画した雑誌「樹木と果実」は、その実践への一つの現われであったが失敗に終わっている。

啄木における自然主義文学の徹底的批判とその打開策としての明日の考察およびそれに基づく革命の志向は、あまりにも先駆的であることもあって、当時の文学界にあってほとんど実行さるべき性質のものではなかった。啄木が、無題の断片的な文章の中に、幸徳事件に関連して心配することとして「政府が今夏幸徳等の事件の発覚以来俄《にわ》かに驚くべき熱心を表して其警察力を文芸界、思想界に活用したること」をあげ、「其措置一時は政府の意が殆《ほと》んど一切の新思想を根絶せしむるやにあるやを疑はしめたりき。或《あるい》は事実に於ては僅《きん》々十指に満たざる書籍の発売を禁止されたるに過ぎざれども、一般文学者学者等凡《すべ》て思想的著述家の蒙《こうむ》りたる不安の程度より言へば正に爾《し》か言ふを得べし」と書いているように、幸徳事件とそれに続く当局による思想弾圧が文学界・思想界におよぼした影響は大きく、まじめに国家と社会の問題を考えようとしていた人たちは、おそれをなして沈黙を守らなければならなかった。自然主義すら、危険思想とみなされ、国家権力による弾圧の手が伸びていたのである。

「時代閉塞の現状」は、そのような状況にあって、書きあげられたけれども発表することができなかった。文学界も、啄木の主張とは反対に、自然主義文学はさらに社会性を失い、狭い文壇が形づくられ、私小説的な傾向が強くなって行った。一方には芸術至上主義的なデカダンの文学が成長していった。「時代閉塞の現状」は、「私の文学に求むる所は批評である」と結ばれているが、批評を含んだ文学は、日本の近代文学では、ついに主流にならなかったのである。

# 日　記

**すぐれた日記文学**

近代文学者の日記が多く刊行されている。正岡子規の『仰臥《ぎょうが》漫録』、樋口一葉の日記、国木田独歩の『欺《あざむ》かざるの記』などのほかに、永井荷風・夏目漱石・森鷗外・青野季吉・高見順と、数えたらきりがない。中には、あらかじめ公表を予定して執筆されたものもあるが、日記という性質上、個人的な記録や感想であり、多くの人に読まれることを予定しないプライベートなものが多い。その人と作品を知るうえでは重要であっても、日記そのものを一つの作品として興味をもって読むことのできるものは、決して多くない。独歩の『欺かざるの記』や『一葉日記』が、青春の苦悩を赤裸々に描いたものとして、また『高見順日記』が、戦時、戦後を知る貴重な資料として読まれているというように、個人的な興味を離れて読まれる例は少ない。

そのような中にあって、啄木の日記は、例外的な高い評価を受けている。桑原武夫は、啄木のローマ字日記を、「日本の日記文学中の最高峰の一つといえるが、実はそれではいい足りない。いままで不当に無視されてきたが、この作品は日本近代文学の誇りとして、最高傑作の一つに数えこまねばならない」（「啄木の日記」）と評価している。小田切秀雄も、人生のある時期、啄木ではその日記や手紙が、独歩の日記『欺かざるの記』よりももっと身近かな人間的・思想的ななまなましい記録として心をとらえるようになる、といい、「公表を予定せずに書いた手紙と日記のなかに、これだけの豊富な立入った叙述が残されているということは驚くべきことであり、いまではそれらは近代日本の代表的な書簡文学、日記文学に属するものとして読まれるばかりでなく、啄木の全作品のうちの重要不可欠の部分として読まれるようになっている」(「石川啄木の魅力について」)と書いている。これは、啄木の日記が、単なる個人的な記録でなく、時代的な背景をつねにもった政治的・社会的・思想的状況を、自己の問題として受けとめ、作品に表現されなかった部分を書いているからであろう。

啄木の日記はまた、かれの作品の理解に欠くことができない。啄木の作品にふれたものは、かれの伝記的な側面に関心をもち、日記や手紙を読む。そして波瀾《はらん》に富み、苦悩にみちた啄木の生涯と時代との関係を知って、啄木の作品に関する深い理解が可能なのである。たとえば、有名な「東海の小島の磯の……」の歌にしても、

病のごと
思郷のこころ湧《わ》く日なり
目にあをぞらの煙かなしも

いのちなき砂のかなしさよ
さらさらと
握れば指のあひだより落つ

などの歌にしても、作者を想定せずに読んだならば、単なる感傷の歌としての意味しかなさないであろう。この歌がつくられた背景に、北海道から上京後、創作生活に失敗し、死ぬか生きるかの苦しみをしているとき、函館時代に散策した大森浜を回想しうたったということ、さらに、「われ泣きぬれて」には、故郷を石をもて追われるごとく北海道に渡った漂泊《ひょうはく》の悲しみがこめられている、ということがわかって初めて、単なる感傷でない、深い意味が読みとれるのである。

啄木文学は、まず短歌が導入の役割を果たし、それをセンチメンタルだと軽蔑《けいべつ》するころに小説・評論の世界がひらけ、さらに日記・伝記的な興味に移り、そしてまた短歌にかえり、以前には味わえなかった深い感動を得る、というような順序を経て理解されるのである。その過程で、日記や手紙の果たす役割は大きい。

**日記の内容と公刊のいきさつ**

啄木の日記は、明治三十五年十月から、四十五年二月まで、十年にわたっている。相当長い時期にわたって書かれなかったところや、失われてしまった部分があるが、岩波書店版全集では全十六冊のうち、四冊をしめる膨大な量にのぼっている。

日記には、それぞれ次のような表題がついている。「秋韷日記《しゅうらく》」(明治三十五年十月―十二月)、「甲辰詩程《こうしん》」(明治三十七年一月―七月)、「渋民日記」(明治三十九年三月―十二月)、「丁未日誌《ていび》」(明治四十年一月―十二月)、「明治四十一年日誌」(明治四十一年一月―十二月)、「当用日誌」(明治四十二年一月―四月)、「NIKKI ―ローマ字日記―」(明治四十二年四月―六月)、「明治四十三年四月より」(明治四十三年四月)、「前年(四十三)中重要記事」(明治四十三年度の回想)、「当用日記」(明治四十四年一月―十二月)、「千九百十二年日記」(明治四十五年一月―二月)。

これによっても、十年におよぶうち、明治三十六年、三十八年が全く欠けているし、途中の抜けている部分もかなりあることがわかる。しかし、啄木の日記が、現在みられるようなかたちで保存され、公表されるには、啄木の仕事を信じ、焼き捨てるようにという啄木の遺志にそむいて焼き捨てなかった妻節子の意志と、関係者の努力があった。

この日記は、晩年啄木と親交があり、没後も石川家のめんどうをみ、遺稿の整理をした土岐哀果や、金田一京助でさえ、長い間、すでに焼却されてしまったものと思い込んでいたという。最初の啄木全集は、大正九年に出たが、その編集をした土岐哀果は、「故人の日記は多年に亙《わた》りて堆《うずたか》く、記述細大を洩《も》らさず、頗《すこぶ》る価値多き資料なりしも、その歿《ぼっ》後、夫人節子また病を得、遂《つい》に日記の全部を焼却して今影を止めず。その一部をもこの全集に収むる能《あた》はざるを遺憾《いかん》とす」と書いている。

節子の手元には十三冊の日記が残されたが、彼女は、「啄木は焼けと申したんですけど、私の愛着が結局そうさせませんでした」といって、明治四十四年度分の一冊を除く十二冊を義弟に当たる宮崎郁雨に託した。そして郁雨を通して函館図書館に寄託され、同図書館に設けられた啄木文庫に現在も保管されている。

啄木日記が、焼却をまぬがれたのは、偶然のように思われる。しかし、節子も、「私の愛着が結局そうさせませんでした」といっているように、それが一度人手に渡れば焼き捨てることのできない魅力を、啄木の日記はもっていたということができる。

しかし、日記の公刊の問題は、賛否両論があり、啄木の親友だった野村胡堂のように、「啄木の日記は貴重な文化財なのだから、あの筆蹟のままを復原した真筆版にして置くべきだ」と、積極的に公刊を支持した人もあるが、一部には、啄木の遺志にしたがって焼却すべきだとする主張もあった。

そして啄木日記の全貌が一般の読者に公にされたのは、ようやく戦後になってからであった。昭和二十三年から二十四年にかけて、石川正雄編になる『石川啄木日記』(世界評論社刊) 全三巻がその初めで、以後、河出書房版、岩波書店版の『啄木全集』にも収録された。

## 血みどろの苦闘のあと

「明星」派の歌人として文学的に出発した啄木は、後年、先駆的な革命的詩人・評論家としての栄光を担《にな》うにいたった。文学的な大きな功績、また晩年の社会主義的な立場にたっての評論活動、なかんずく幸徳事件の証言者としてのすばらしい仕事をしたかれに対して、〝俊敏にして純正〟〝天才〟ということばがおくられた。

しかし、啄木の文学、思想は、一直線に、正しく発展したわけではなかった。いろいろな障壁に対して試行錯誤をくり返し、後退することはなかったけれども、それは困難な前進だった。そして、あらゆる実験をくり返し、血みどろのたたかいを通して、社会主義にたどりつくのであり、それゆえに啄木の最後に到達した思想は、観念的なものではなく、強い説得力をもちえた。いわば、行き詰まった時代の現状を変革し、自らを生かす道はこれしかないという、最後のことばが社会主義であり、それが「時代閉塞の現状」となり、幸徳事件への正しい洞察と証言となって結晶したのであった。それすらも、決して完成されたものではなく、未熟な部分をもつけれども、そこに未来への可能性を示唆《しさ》し、今日でも古くない、あるいは未来にわたるものをそなえているのである。日記は、時代的な大きな制約の中で、その文学的・思想的高みに到達するまでの血みどろな苦闘の記録である。

近代日本の文学思潮がそうであったように、啄木は明治の代表的な文学潮流をめまぐるしく泳ぎ、短い期間に、浪漫主義・自然主義・社会主義と経験し、その本質にふれた仕事を残している。日記は、「運命の神は常に天外より落ち来つて人生の進路を左右す。我もこ度《たび》其無辺際の翼に乗りて自らが記し行く鋼鉄板上の伝記の道に一展開を示せり」という「秋韷笛語」の序の一節からはじまる。十七歳の秋、「人生の高調に自己の理想郷を建設せん」としての上京、そして失敗、あこがれの美しい時代、節子との恋愛、結婚——啄木の生活は、波瀾《はらん》を含みながらも、順調に進むかにみえた。

しかし、父一禎が宝徳寺住職を罷免《ひめん》されるという予期しなかった事件が起こり、啄木の一生は大きく変わっていった。詩人を天職とし、生活のことにわずらわされることをいさぎよしとしない、また生活能力のなかった啄木の双肩《そうけん》に、一家を養わなければならないという重荷がかかってきた。以後、啄木一家は、貧困につぐ貧困で、かれは、生活という重荷を背負って、故郷渋民での代用教員、北海道漂泊と、天職たるべき文学に没頭できない時期が続く。啄木の文学もしだいに変化し、「明星」的な浪漫主義から、自然主義に同情を示すようになった。高山樗牛に心酔し、姉崎嘲風と文通し、ニーチェに傾倒していた個人主義的な考え方に否定的になり、社会主義への関心が生まれてきた。「聖上睦仁陛下は誠に実に古今大帝者中の大帝者におはせり」と、天皇制国家を肯定し、日露戦争の勝利を手ばなしでよろこんでいるところから、天皇制諷刺、日露戦争批判に傾く。啄木の思想、文学には短い時期にこれだけの振幅がある。そしてそれが、単なる啄木の気まぐれでなく、生活との苦闘から導かれ、裏付けのあるところに特徴がある。

啄木の二十七年の生涯《しょうがい》で、最も苦しい、死ぬか生きるかの苦悩を経験した時期は、「自分の文学的運命を極度まで試験」しようとして北海道から上京し、その創作生活が失敗に終わったときであった。「目をさますと、凄《すさ》まじい雨、うつらうつらと枕の上で考へて、死にたくなつた。死といふ外に安けさを求める工夫はない様に思へる。生活の苦痛！　それも自分一人ならまだしも、老いたる父は野辺地の居候、老いたる母と妻と子と妹は函館で友人の厄介《やっかい》！　ああ、自分は何とすればよいのか。今月もまた下宿料が払へぬではないか？」(明治四十一年六月二十九日)

啄木と一家の生活は、いまや金田一京助と宮崎郁雨の献身的な友情によってささえられていた。洗うがごとき赤貧、文学的にも追いつめられた状態、かれは、歌をつくることと、故郷を思うことと、空想の恋をすることによって、精神の破綻《はたん》をわずかに救われていた。そしてローマ字日記の世界に陥って行く。

## ローマ字日記と最後の記述

ローマ字日記は、明治四十二年三月から、同六月十六日まで、七十五日にわたる。東京朝日新聞社に就職がきまると、函館の家族からは、早く上京したいという催促がしきりにあった。が、啄木には家族を呼びよせて養う準備が少しもできていなかった。〃半独身者〃の生活をたのしみ、少しの金がはいると、それを遊びに費やしてしまっていた。

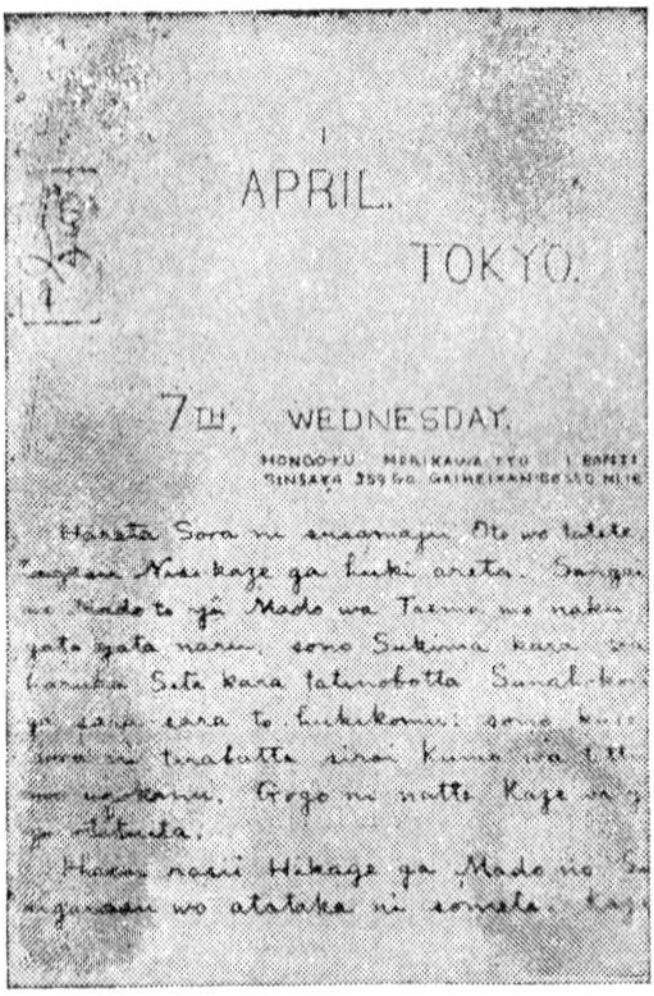

ローマ字日記

その生活はすさんだもので、日記をローマ字で書く理由も、「予は妻を愛している。愛してるからこそこの日記を読ませたくないのだ」というように、妻にも知られたくないような内容の生活であった。啄木と、啄木をとりまく社会との矛盾はいよいよ大きくなる。「現在の夫婦制度——総《すべ》ての社会制度は間違いだらけだ。予は何故親や子のために束縛されねばならぬか？　親や妻や子は何故予の犠牲とならねばならぬか？　然《しか》しそれは予が親や節子や京子を愛してる事実とは自ら別問題だ」(四月十五日)。

「親や節子や京子を愛して」いながら、かれはこのようなジレンマに悩み、解答を得られないままに自棄的な、耽溺《たんでき》の生活を送る。「『頭が痛いから今日だけ遊ぼう！』それはウソに違いない。それなら何を求めていたろう？　女の肉か？　酒か？　恐らくそうではない！　そんなら何か？　自分にも分らぬ」(四月二十六日)という無方向なあがきが続く。そして生活の統一を望みながら、自分と家族や社会の問題を区別して、二重の生活をするしか、生きる方法が考えられない、と思う。

このローマ字日記の苦しい生活を通して、啄木は思想的に大きく前進した。

十年あまりに及ぶ啄木の日記は、明治四十五年二月二十日の次のような記述が最後になっている。「さうしてる間にも金はドン〳〵なくなつた。母の薬代や私の薬代が一日約四十銭弱の割合でかゝつた。質屋から出して仕立直さした袷《あわせ》と下着とは、たつた一晩家においただけでまた質屋へやられた。その金も尽きて妻の帯も同じ運命に逢《あ》つた。医者は薬価の月末払を承諾してくれなかつた。母の容態は昨今少し可いやうに見える。然し食慾《しよくよく》は減じた。」

この二週間後に母が逝《ゆ》き、さらに一か月後には啄木もその後を追うのであった。

## 手紙

### 啄木の魅力

人はだれでも多少の秘密をもち、それを知られたくないと思う。ところが現在、有名な文学者の全集には、全く私的な日記や手紙が大きなスペースをしめているのはめずらしくない。そのうえ、伝記研究の進歩は、克明に作者の私的生活を再現しようとし、ひたかくしにかくした秘密をあばくことも、あえて行なう。

いくら公的な人であっても、著名な人であっても、プライバシイを犯されない権利をもっている。が、ひとたび故人になると、遺族や友人に迷惑のかかるようなことまで、広く大衆の面前に公開される。手紙や日記を、他人に読まれることは、正常な人間だったら、身を切られるほどつらいだろう。ましてそれについてなんのかのと論じられるにいたっては――。

わたくしたちが、森鷗外や夏目漱石や芥川龍之介や啄木の手紙や日記を、公然と読み、その私生活に立ちいってみることを許される理由は、どこにあるだろうか。作者によって手が加えられ公刊された日記や手紙は、すでに公的なものであり、作品として考察するに何の疑問もない。しかしたとえば、啄木の日記は、啄木によって焼却するようにと遺言された。それが焼却をまぬがれて遺族によって守られ、公にされるにいたった。いま啄木の日記は、かれの意に反してだれでも読むことができる。これは啄木にとって、耐えられないことにちがいない。

しかし考えてみれば、啄木は自らの手で日記を焼却することができず妻にその処置を託した。それは、かれに日記に対するどうしようもない愛着があったからである。さらに妻節子は、啄木の文学を信じ、彼女と姑《しゅうとめ》とのいさかいが書かれていて、多少の不利益が自分にかかわってくるものがあっても、それを焼却せずに第三者の手に託した。日記に、焼却を許さないだけの内容があったからである。もはや、啄木の日記は、その筆者の意志も、それ以外の関係者の意志も無視して、ひとりで生き抜ける生命をもっているのである。そして啄木文学を愛好するものを引きつけずにはおかない。元来、すぐれた文学作品とはそのような性質をもっているものである。

結局、わたくしたちが啄木の日記を読み、その私生活に立ち入ることが許されるのは、その日記が、それだけの生命力をもち、わたくしたちが啄木文学に対してやみがたい愛着をもっているからである。それ以外に、わたくしたちが啄木およびその一家のプライバシイを、先祖にまでさかのぼって犯していい理由はみあたらない。

手紙に対してもそうである。日記に比べて、手紙は公的なものである。書かれた相手が存在する。ふたりだけのものではあっても、とにかく全く個人的ではありえない。しかし、それが保存され、さらに公表される、ということは、啄木とその手紙に対する愛着とがそうさせるのである。

一度読まれた手紙は、特別なものでない限り、うち捨ててしまうことは、受け取ったものの自由である。それなのに、啄木全集の書簡篇に載せられた手紙のなんと多いことか。二十七歳でこの世を去った啄木の、十年あまりの間に書かれた手紙が、岩波書店発行の全集十六巻のうち二巻をしめるのである。全部で四百三十通をこえる。啄木はよく手紙を書いたが、長い間にその多くが失われたであろう。ちなみに、最も多く書かれたと思われる与謝野夫妻あての手紙は、すべて失われてしまっている。それにもかかわらず、これだけの数の手紙が残っていて、いまわたくしたちは自由に読むことができるのである。

啄木から手紙を受け取ったものは、それを捨ててしまうことのできない愛着をもった。これは純粋な愛着であった。啄木が有名になることも、啄木の手紙が高値を呼ぶことも予想しないで、かれの友人たちは、その手紙を捨てないで保存したのだった。それは、わたくしたちが啄木の手紙に愛着をもつよりも、もっと自然で純粋である。わたくしたちは啄木の文学作品に愛着を感じ、それを生みだした啄木に興味をもち、日記や手紙を読む。そうしてその美しさに感動するのである。ところが啄木の手紙をわたくしたちに伝えた啄木の友人たちは、かれの人に、そうして手紙そのものに愛着をもっていたのである。

いってみれば、啄木の手紙も、日記と同じく、残るべくして残った。それだけの生命を、啄木の手紙の一つ一つはもっていた。そしてそれをわたくしたちが読むことを許されるのは、啄木の文学作品に対する愛着をもっているからであろう。

## 啄木の手紙の意味

啄木の手紙が多く残っているのは、友人たちの啄木およびその手紙への愛着であり、わたくしたち読者の愛着があるからである。そうして残った啄木の膨大な手紙は、どのような意味があるだろうか。また、どうして人は啄木の手紙にそのような愛着を感じるのだろうか。

手紙や日記は、その人を知るうえで、非常に有効な手段になる。『一握の砂』や『悲しき玩具』、さらに『あこがれ』『呼子と口笛』、また小説・評論と幅広く活躍し、すぐれた作品を生んだ啄木を考えるうえで、手紙は日記とともに欠くことのできない資料である。

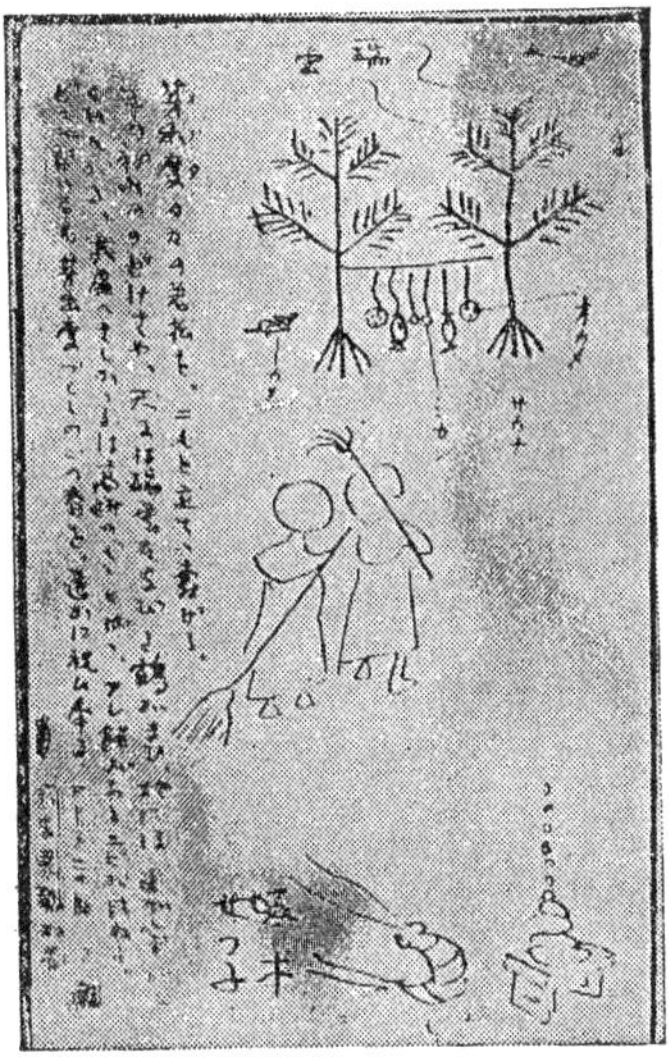

啄木のはがき

啄木の短歌や詩や小説を読んで感動したものは、必ずといっていいほど、かれの伝記的な側面に関心を向ける。これはいいかえれば、啄木文学には、完成された美しさがなく、多く未熟な部分を含むことも関係している。夏目漱石や森鷗外・谷崎潤一郎の作品を読んでも、それほど作者の人間、私生活への関心をそそられることはないであろう。少なくとも啄木の場合ほど強くない。それは、作品の世界に、ある程度の完成があるからであろう。啄木の場合は、あらゆる可能性を含みながら、二十七年という短い生涯と、社会的・歴史的な制約があって、それを本当に完成されたものとすることができなかった。短歌は別として、小説・評論・詩のジャンルにおいて、大きな可能性を示しながら、なお未完の部分をもつ。その未完の部分を、わたくしたちは啄木その人に求めようとする。いきおい伝記に対する要求が多くなり、したがって手紙・日記に日が向いて行く。そしてまさしく、手紙と日記は、生活的・思想的に、作品に結晶しなかった多くのものをわたくしたちに示し、作品の不備をおぎなってくれる。作品は、それのみで完成し、他のたすけを借りないで十分に読者を引きつけるものでない以上、すぐれたものとはいえない、という人がいる。その意味では、啄木の文学は、最も完成度の高い短歌においても、なお欠陥をもつことになる。かれの作品の理解は、多分に伝記研究のたすけを借りて初めて可能になるのだから――。

しかし、荒削りであることは、一つの魅力になる場合がある。その作品が、高度の完成を予想させるときである。啄木の作品はまさにそうであった。荒削りでありながら、高い完成した姿をわたくしたちに予想させる。ほぼその完成した姿を、わたくしたちは手紙や日記や伝記研究の成果から想像できる。

啄木の手紙は、そのように啄木文学の不備を思想的・生活的におぎなって、完成された啄木文学の姿を想像させる役目を果たす。啄木文学を理解する手がかりになる。

けれども、啄木の手紙の意味は、そのような啄木文学理解の手段としての利用価値のみにあるのではない。もっともたいせつなことは、啄木の手紙は、かれの作品との関連なしに読んでもおもしろいということである。いいかえれば、それは、書簡文学として、一個の文学作品として、十分に鑑賞に耐える、ということである。文学者の手紙でも、永井荷風や森鷗外の手紙は、わたくしたちが読んでも、多く無味乾燥である。少なくともその作品から受ける感動には遠くおよばない。ところが啄木の手紙は、驚くほど豊富な内容をもち、みずみずしい感動をさそう。

それは、啄木が文学作品に昇華する前の鬱勃《うつぼつ》たる思想を、実にくわしく手紙に書いて友に訴えているからである。思想について、文学について、恋愛について、政治について、かれはくわしく自分の考えを手紙に書いた。それは、『一握の砂』や『悲しき玩具』や「時代閉塞の現状」やその他の作品に昇華したものもあるが、それのみで消えてしまったものも多くある。鬱勃たる精神が形をなしてくるなまなましい姿が、そこにはある。それは、文学作品という完成された形態ではとらえることのできない、生き生きとしたものであった。書簡文学としての魅力をよくそなえている、といえるだろう。四百通をこす手紙を、年代順に、あるいは書かれた相手ごとに、さらに内容ごとに読んでいけば、そこに啄木文学以前の人間としての啄木の姿があり、人間的・思想的な発展を明確に読みとることができることも、かれの手紙の特色である。用もない手紙でありながら、啄木から手紙を受け取った友人たちが、それを捨てられない愛着をいだいたのは、そのようなところに魅力があったためと思われる。

## 用もなきふみ

啄木は、現存する量の膨大さでわかるように、たくさんの手紙を書いた。それは、数ばかり多いのではなく、非常に長文のものが多い。巻紙で十メートルにもおよぶものもある。

　啄木は、感興がくると筆をとって、思いのたけを書きつけた。そして書き疲れたり、だれかが尋ねてきたりすると中断して、それを翌日また書き続けた。三日も四日も書き続けて、長い手紙を友人に書き送った。友人の伊東圭一郎は、四晩かかって書いた長い手紙を受け取ったので、計ってみたら五間半あった、という。十六メートル以上もの長さである。全集に収められている手紙でも、七ページにおよぶ長いものがある。びんせんに書いたら、二十枚くらいになるであろう。そして内容は、決して実用にわたるものではない。『一握の砂』の中に、

誰《たれ》が見ても
われをなつかしくなるごとき
長き手紙を書きたき夕

用もなき文《ふみ》など長く書きさして
ふと人こひし
街に出てゆく

という短歌が収められているが、啄木が手紙を書くということに特別な関心をもっていたことが、これらの短歌からもうかがえる。

かれは、詩を書いたり、小説を書いたり、短歌をつくったりするのと同じような気持で手紙を書いた。だから、手紙が本来の意味としてもっている用件ということよりも、感興が主になっている。

感情の高まりのないところに人をうつ文学作品は生まれない。啄木の作品のうち、生活の必要に迫られ、原稿料を得ることを目的に書き続けられた上京後の小説はいちばんつまらない。かれの感情の要求とちぐはぐな部分を含むことがその一つの理由として考えられる。ほかの短歌や詩や、また「雲は天才である」「我等の一団と彼」は、そのようなところから自由であり、感興にしたがって創作された。それが読者を感動させる。啄木の手紙は、それらの作品と同じように、自己の感情の、思想の表白として書かれたものが美しい。そして書簡集には、そのような手紙が数多く含まれている。

手紙だから、もちろん用件がおもなものも、礼状も年賀状も、借金の申し込みもあり、用のない文ばかりでなく、ためにするものもある。それが啄木の人と生活を知るうえでまたおもしろい。なかでも借金の申し込みの多いことが目について興味をわかされる。書簡集に収められている手紙でいちばん多いのは郁雨宮崎大四郎にあてたもので、七十通を数えるが、それはあとからあとからの金の無心であり、それをかなえてもらったことに対する感謝の手紙である。啄木の晩年に親交があり、経済的にもかれを援助していた土岐哀果も、かれはずいぶん他から金を借りたが、その金の無心の手紙は実に異常な魅力をもっていたもので、それを読んではどうしても何とかしなくてはならなくなる、といっている。

手紙のそのようなところにも、啄木の生活の断面があざやかに浮かびあがり、かれの伝記へのいっそうの興味をそそられる。また、そこにあらわれる友情は、啄木の伝記的な悲惨と波瀾《はらん》に富んだ生活の中に、明るいものを点じていることが読むものの胸をうつだろう。金田一京助・宮崎郁雨はもとより、野村長一・小林茂夫ら中学時代の友人、大島経男・岩崎正ら北海道時代に知り合った人たちとの友情は日本友情史上特筆するに価する。

手紙の数の多少は、友情の厚さに関係ないが、書簡集には、宮崎大四郎宛七十通、金田一京助宛四十一通、前田林外宛二十三通、土岐哀果・野村長一・岩崎正宛各十六通、小林茂夫宛十五通、大島経男宛十一通となっている。このほか、与謝野寛にあてた手紙など多数あったと思われるものが失われてしまっていることが惜しまれるが、こうみてくると、啄木が自分の生活や思想の苦しみをいかに多くの人に訴え、また訴える友人にめぐまれていたかがわかる。

啄木の書簡集を特色づけるのは、これら親しい友人たちにあてたものばかりではない。師と迎いだ姉崎嘲風・森鷗外らに自己の思想を大胆に語りかけ、瀬川深や平出修に対して、革命の思想を確立して行く過程、実践への抱負を披瀝《ひれき》する。実に必至に、真剣に、かれはそこで自己と社会について考察し、分析し、報告している。大島経男あての手紙などもそのような意味で重要である。

また、啄木の書簡集が、生活や思想史、友情というような興味のみでないおもしろさを与えてくれるのは、菅原芳子と平山良子にあてた手紙である。小説は書けず、生活は逼迫《ひっぱく》して、死ぬか生きるかの苦闘をしていたとき、かれは橘智恵子を思い、故郷を思う情を友に訴え、その苦しい現実から逃避しようとした。「明星」へ歌を投稿していた菅原芳子へ、恋文の手本のような手紙を書き送っているのも、そのような現実からの逃避であった。まだ見ぬおとめへの空想の恋を楽しみ、わずかに自由を得ていたのだった。それが平山良子への喜劇的な恋にもなる。平山から美しい写真を受け取って、恋文めいた長い手紙を書く。しかし、平山良子は、実は平山良太郎という男で、写真は芸者のものであった。

このような喜劇をまじえながらも、啄木の書簡集は、明治三十五年から四十年代にかけてのむずかしい時代を、豊かな思想と感情をもった若きインテリゲンチアが良心的に生きた記録として、わたくしたちの心をうつ。啄木の手紙は、かれの作品の重要な一つであり、すぐれた書簡文学として考えられなければならない。

# 年　譜

**一八八六年**（明治十九）　**一歳**　二月二十日（一説に明治十八年十月二十七日生）、岩手県南岩手郡日戸村の常光寺に父石川一禎、母カツの長男として生まれた。一禎三十七歳、カツ四十歳で、ふたりの間にはすでに長女サタ十一歳、次女トラ九歳があった。

**一八八七年**（明治二十）　**二歳**　旧三月六日、父一禎が宝徳寺住職に任ぜられ、北岩手郡渋民村に一家が移転した。

＊鹿鳴館で仮装大舞踏会が開かれた。条約改正問題で世論が激化し、改正を有利にするため極端な欧化政策がとられた。保安条令公布。

**一八八八年**（明治二十一）　**三歳**　十二月十二日、妹光子が生まれた。

＊「我楽多文庫」発刊

**一八九一年**（明治二十四）　**六歳**　四月、岩手郡渋民尋常小学校へ入学した。

＊「五重塔」（露伴）発表。「蓬萊曲」（透谷）刊。鷗外・逍遙の没理想論争が行なわれた。

＊前年、第一回帝国議会が召集された。

**一八九五年**（明治二十八）　**十歳**　三月、渋民尋常小学校を卒業した。四月、盛岡市立高等小学校に入学、盛岡市仙北町の伯父工藤常象のもとに下宿した。

＊「たけくらべ」「にごりえ」（一葉）発表。観念小説・悲惨小説が流行した。

**一八九七年**（明治三十）　**十二歳**　予備校江南義塾に通い、中学校の受験勉強をはじめる。この年盛岡市大沢川原小路の伯母海沼いえの家に移る。

＊「金色夜叉」（尾崎紅葉）発表。「若菜集」（藤村）刊。雑誌「ホトトギス」創刊。

**一八九八年**（明治三十一）　**十三歳**　四月、岩手県盛岡中学校に入学。入学試験の結果は合格者百二十八名中十番であった。

＊「不如帰」（蘆花）、「歌よみに与ふる書」（子規）発表。「一葉舟」「夏草」（藤村）刊。

**一八九九年**（明治三十二）　**十四歳**　この年、帷子小路五番戸の長姉田村サタの家に移る。また堀合節子と知り合った。

＊「天地有情」（土井晩翠）刊。東京新詩社・根岸短歌会が創立された。

**一九〇〇年**（明治三十三） **十五歳** 友人と回覧雑誌「丁二雑誌」を発行。及川古志郎に接し、文学への関心を高める。

*「高野聖」（泉鏡花）発表。「自然と人生」（蘆花）刊。「明星」が創刊された。

**一九〇一年**（明治三十四） **十六歳** 一月、金田一京助を訪問、「明星」を借覧し、東京新詩社の社友となった。校内にストライキ事件が発生し、啄木のクラスも合流。四月、回覧雑誌「三日月」を発行、九月、瀬川深らの「五月雨」と合併し「爾伎多麻」と改題。阿部修一郎・小野弘吉・小沢恒一・伊東圭一郎とユニオン会をつくった。十一月、田村家の転居で市内仁王小路に移る。堀合節子との恋愛が進む。

*「武蔵野」（独歩）、「落梅集」（藤村）、「みだれ髪」（晶子）刊。「美的生活を論ず」（樗牛）発表。ニーチェ主義が流行した。

**一九〇二年**（明治三十五） **十七歳** 三月、「盛岡中学校校友会雑誌」三号に白蘋の雅号で短歌・美文を発表。七月、学期末試験でカンニングを行ない、譴責処分をうけた。十月、「明星」に初めて短歌が載る。この月末、中学校を中途退学して上京し、与謝野寛・晶子夫妻の知遇を得た。

*「社会百面相」（内田魯庵）、「重右衛門の最後」（花袋）、「地獄の花」（永井荷風）刊。

**一九〇三年**（明治三十六） **十八歳** 二月、上京の目的を達せず病を得て父に伴われて帰郷。「明星」七月・十一月・十二月号に短歌を発表。十一月、新詩社同人に推挙された。十二月、「明星」に長詩「愁調」五篇を発表、初めて啄木の雅号を用いた。

*雑誌「馬酔木」が創刊された。

*五月、藤村操が華厳の滝に身を投じて死ぬ。

**一九〇四年**（明治三十七） **十九歳** 二月、堀合節子と婚約。「明星」「帝国文学」「時代思潮」「太陽」などに毎月のように詩を発表。十月三十一日、処女詩集刊行を目的に上京。十二月、父一禎が宗費滞納のかどで宝徳寺住職を罷免された。

*「火の柱」（木下尚江）発表。「小扇」（晶子）、「藤村詩集」（藤村）刊。

*二月、ロシアに対する宣戦の詔勅がくだった。孫文がわが国に亡命する。

**一九〇五年**（明治三十八） **二十歳** 三月、一家宝徳寺を退去。五月、詩集「あこがれ」を刊行。六月、盛岡に帰って堀合節子と結婚。市内帷子小路に新居を定めた。六月、加賀野磧町に転居。九月、「小天地」を創刊したが、一号雑誌に終わった。

＊「吾輩は猫である」（漱石）発表。「二十五絃」（薄田泣菫）、「春鳥集」（有明）、「海潮音」（上田敏）刊。象徴詩が起こった。

**一九〇六年**（明治三十九）　**二十一歳**　二月、長姉田村サタ死去。三月四日、母と妻を伴って渋民村に帰り、斎藤福方に同居。四月、一禎に対する懲戒赦免の通知があり、一禎も青森から帰り、宝徳寺再住を運動する。渋民尋常高等小学校代用教員を拝命する。六月、父一禎の宝徳寺再住運動のため、農繁休暇を利用して上京、新詩社に滞在して漱石・藤村らの小説を読み、小説への自信をもって帰村、「雲は天才である」「面影」「葬列」などを書く。「葬列」は「明星」十二月号に発表。十二月二十九日、長女京子が生まれる。

＊「坊っちゃん」「草枕」（漱石）発表。「破戒」（藤村）、「運命」（独歩）刊。

**一九〇七年**（明治四十）　**二十二歳**　三月、父が宝徳寺再住を断念して家出。努力が水泡に帰したことを知り、高等科の生徒を扇動して校長排斥のストライキを行ない、校長を転出させ、自分も免職になる。五月四日、妹光子を伴って渡道、一家は離散した。函館青柳町の松岡蕗堂の下宿に同居、「紅苜蓿」の編集に従事。五月、函館商工会議所の臨時雇となる。六月十一日、函館区立弥生尋常小学校の代用教員となり、橘智恵子を知る。七月、妻子・母を迎えた。八月、函館日日新聞の遊軍記者となる。九月、函館の大火に追われ、北門新報社に校正係の職を得て札幌へ行く。小国露堂のさそいで小樽日報の創立に参加、十日あまりで札幌を去って小樽へ行き、記者として活躍する。十月十二日、小林事務長とけんかし、小樽日報を退社、年末にかけて収入の道を絶たれ、生活は困窮をきわめた。

＊「蒲団」（花袋）、「塵埃」（正宗白鳥）などが発表され、自然主義文学が盛んになった。

**一九〇八年**（明治四十一）　**二十三歳**　一月、釧路新聞に入社が決定、単身赴任した。釧路詩壇を設けたり、政治評論や花柳界の記事まで書いて活躍、芸者小奴と知り合う。四月、創作生活にはいるべく上京を決意、釧路を去る。宮崎郁雨の好意で家族を函館に移し上京。四月二十八日、新詩社にはいり、与謝野夫妻と再会、森鷗外の知遇を得る。五月四日、金田一京助の好意で本郷菊坂町の赤心館に移り、創作生活にはいる。一か月余のうちに「菊地君」「病院の窓」

「母」「天鵞絨」「二筋の血」などの作品を書くが、収入の道がなく懊悩の日を送る。六月、歌興をおぼえ、短歌をつくる。その中の百十四首を「石破集」と題して「明星」に発表。九月、生活の困窮を金田一に救われ、本郷森川町の蓋平館別荘に移る。十一月一日から小説「鳥影」を東京毎日新聞に連載した。

*十一月、「明星」が百号記念号を出して終刊。川上眉山・国木田独歩が死んだ。パンの会がはじまった。

**一九〇九年**（明治四十二）　**二十四歳**　一月、「スバル」が創刊され、発行名義人になり、第二号を編集した。二月、小説「足跡」を「スバル」に発表。三月、東京朝日新聞社に入社。六月、家族を迎えて本郷弓町の新井方に同居。小説「葉書」を発表。十月、妻節子が京子を連れて家出、大きな打撃を受けた。十一月、評論「食ふべき詩」、十二月、「きれぎれに心に浮んだ感じと回想」を発表。父が野辺地より上京した。

*「キタ・セクスアリス」（鷗外）、「田舎教師」（花袋）、「すみだ川」（荷風）発表。反自然主義の文学が起こった。

**一九一〇年**（明治四十三）　**二十五歳**　一月、「一年間の回顧」「巻煙草」を「スバル」に発表。四月、歌集の編集をはじめる。五月末から六月にかけて小説「我等の一団と彼」を執筆。六月、幸徳伝次郎ら無政府主義者の拘引が新聞に載り関心をもつ。九月、朝日歌壇が設けられ、その選者となる。このころ「時代閉塞の現状」が書かれる。十月四日、長男真一が生まれたが、同月二十七日死去。十一月、「一利己主義者と友人との対話」を「創作」に発表。十二月、歌集「一握の砂」が刊行される。

*「刺青」（谷崎潤一郎）、「家」（藤村）、「青年」（鷗外）、「土」（長塚節）発表。「NAKIWARAI」（土岐哀果）、「酒ほがひ」（吉井勇）刊。「白樺」「三田文学」が創刊された。

**一九一一年**（明治四十四）　**二十六歳**　一月、平出修弁護士を尋ね、幸徳の陳弁書を借り、書写する。一月十三日、土岐哀果と会い、「樹木と果実」の創刊を計画する。二月、慢性腹膜炎のため大学病院に入院。三月十五日退院。「樹木と果実」は哀果が中心になって編集を進めたが、印刷屋の不正などで発行を断念。クロポトキンの日記や平民新聞、社会主義関係の書籍を読む。五月、「フ・ナロードシリーズ」を執筆した。六月、妻節子の実家への帰省をめぐってトラブルがあり、堀合家と義絶した。「はてしなき議論の後」をつくり、「創作」に発表。七月、高熱に苦しむ。八月、小石川久堅町へ転居した。九月、一家の窮状を見かねて父が家出。妻とのトラブルから義弟宮崎郁雨と義絶する。十一月、クロポトキンの「ロシアの恐怖」を写し終わる。

*「修禅寺物語」(岡本綺堂)、「或る女」(有島武郎)、「雁」「百物語」(鷗外)発表。九月、平塚らいてうらが青鞜社を結成し、雑誌「青鞜」を発刊した。

*一月、幸徳ら二十四名に死刑の判決があり、数日後十二名の死刑が執行された。片山潜らが社会党を結成したがすぐに解散させられた。社会主義の冬の時代を迎えた。

**一九一二年**(明治四十五)　**二十七歳**　一月、母が喀血し、肺患と診断された。啄木・妻・母と一家枕をならべる悲惨さであった。三月七日、母死去。土岐哀果らの尽力で等光寺に葬る。金田一京助は一家の窮状に、「新言語学」の稿料十円を送り、さらに四月になって二円を送った。四月九日、土岐哀果の奔走で第二歌集の契約がなり、二十円の稿料を受け取る。四月十三日、九時三十分、父・妻・若山牧水にみとられて永眠。享年二十七歳であった。

四月十五日、葬儀は浅草等光寺で行なわれ、五十名が会葬した。明治四十五年六月、次女房江誕生、この月第二歌集「悲しき玩具」が東雲堂から出版された。大正二年三月、遺骨は函館の立待岬に移され、一族の墓が建立された。

*「彼岸過迄」「行人」(漱石)、「悪魔」(潤一郎)、「大津順吉」(志賀直哉)、「哀しき父」(葛西善蔵)、「興津弥五右衛門の遺書」(鷗外)発表。「黄昏に」(哀果)刊。

# 参考文献

石川啄木全集　岩波書店　昭28・9〜29・6

石川啄木全集　筑摩書房　昭42・6〜43・4

啄木歌集（岩波文庫）　岩波書店　昭21・6

啄　木（アテネ文庫）　中野重治　弘文堂　昭26・12

新訂版石川啄木（角川文庫）　金田一京助　角川書店　昭30・3

石川啄木伝　岩城之徳　東宝書房　昭30・11

人間啄木　伊東圭一郎　岩手日報社　昭34・5

評伝石川啄木　久保田正文　実業之日本社　昭34・10

石川啄木（近代文学鑑賞講座）　中野重治・窪川鶴次郎　角川書店　昭35・4

啄木論序説　国崎望久太郎　法律文化社　昭35・5

函館の砂―啄木の歌と私と―　宮崎郁雨　東峰書院　昭35・11

石川啄木（人物叢書）　岩城之徳　吉川弘文館　昭36・3

石川啄木における文学と生　近藤芳美　垂水書房　昭39・7

兄啄木の思い出　三浦光子　理論社　昭39・10

石川啄木（写真作家伝叢書）　岩城之徳　明治書院　昭40・6

回想の石川啄木　岩城之徳編　八木書店　昭42・6

石川啄木の世界　小田切秀雄　潮出版社　昭43・5

石川啄木事典　司代隆三　明治書院　昭45・11

啄木と渋民　遊座昭吾　八重岳書房　昭46・6

石川啄木論考　堀江信男　笠間書院　昭46・11

石川啄木論　今井泰子　塙書房　昭49・4

啄木の西洋と日本　大谷利彦　研究社　昭49・12

石川啄木の人と文学　堀江信男　笠間書院　昭50・2

啄木評伝　岩城之徳　学燈社　昭51・1

# さくいん



—完—

石川啄木《いしかわたくぼく》■人と作品　　定価はカバーに表示

1966年5月10日　第1刷発行©
2016年8月30日　新装版第1刷発行©
2017年1月20日　新装版第2刷発行

・著　者　…………………………福田清人《ふくだきよと》／堀江信男《ほりえのぶお》
・発行者　……………………………………渡部　哲治
・印刷所　……………………法規書籍印刷株式会社
・発行所　…………………………株式会社　清水書院

〒102-0072　東京都千代田区飯田橋3-11-6
Tel・03(5213)7151～7
振替口座・00130-3-5283
http://www.shimizushoin.co.jp

検印省略
落丁本・乱丁本は
おとりかえします。



CenturyBooks

Printed in Japan
ISBN978-4-389-40103-0

CenturyBooks

# 清水書院の〝センチュリーブックス〟発刊のことば

近年の科学技術の発達は、まことに目覚ましいものがあります。月世界への旅行も、近い将来のこととして、夢ではなくなりました。しかし、一方、人間性は疎外され、文化も、商品化されようとしていることも、否定できません。

いま、人間性の回復をはかり、先人の遺した偉大な文化を継承して、高貴な精神の城を守り、明日への創造に資することは、今世紀に生きる私たちの、重大な責務であると信じます。

私たちがここに、「センチュリーブックス」を刊行いたしますのは、人間形成期にある学生・生徒の諸君、職場にある若い世代に精神の糧を提供し、この責任の一端を果たしたいためであります。

ここに読者諸氏の豊かな人間性を讃えつつご愛読を願います。

一九六七年

清水檀山

SHIMIZU SHOIN